佐藤佐太郎

Sato Sataro

大辻隆弘

コレクション日本歌人選071
Collected Works of Japanese Poets

笠間書院

『佐藤佐太郎』——目次

凡例

一、本書には、昭和期を代表する歌人佐藤佐太郎の歌五十首を載せた。

一、本書は、佐藤佐太郎の初期から晩年に至る歌作の変遷に重点をおきつつ、人生の軌跡を辿ることにも留意した。

一、本書は、次の項目からなる。「作品本文」「出典」「意訳」「鑑賞」「脚注」「歌人略伝」「略年譜」「筆者解説」「読書案内」。

一、テキスト本文は、主として『佐藤佐太郎全歌集』（現代短歌社・平28）に拠り、ルビはテキストに倣った。

一、鑑賞は、一首につき見開き二ページを当てた。

佐藤佐太郎

01

鴨のなく夕濠端に腰かけて足の繃帯を捲きなほしをり

【出典】『軽風』

鴨の鳴き声が聞こえる夕方、私は足に巻いた包帯が緩んでいるのに気づく。皇居の濠の石の上に腰を下ろし、私はいらいらとした気分でそれを足に巻き直す。

昭和二年春、佐太郎十七歳の頃の歌。斎藤茂吉*の選歌を受けることになった直後の歌である。佐太郎は前年から岩波書店に勤めている。

早春の夕方の明るい陽を浴びながら町を歩いていた佐太郎は、足首に巻いていた繃帯《ほうたい》が緩《ゆる》んでいることに気づく。皇居（当時は宮城）のお濠端の石に腰をかけながら、足首を自分の身体の側に寄せて繃帯を解き、自分の足首に繃帯を捲き直す。おだやかな夕べの陽に照らされて堀の水に遊んでいる鴨た

＊斎藤茂吉―歌人。山形県生まれ。正岡子規の「竹の里歌」に感動し、伊藤左千夫に師事。「アララギ」の中心的な同人。歌集『あらたま』『赤光』によって文壇を瞠目させた。（一八八二―一九五三）

ちがほがらかな声で鳴いている。その声を耳にしながら佐太郎は黙々と繃帯を捲き直してゆく。そんな情景が浮かんでくる。

繃帯を捲き直すという日常的な些事《さじ》。その些事を鋭くとらえているところにこの歌の特徴があるだろう。繃帯の緩みが気になる神経質な少年の気分。繃帯を捲くという面倒な作業を俯《うつむ》きながら行うときの徒労感や苛立《いらだ》ち。その苛立ちとは無関係に明るい堀端でほがらかに鳴いている鴨。都会に生きる若者の神経の尖《とが》りがあざやかに刻印されている一首である。

この歌が収められている『軽風』*は、昭和十七年七月に刊行された。佐太郎がアララギに入会した大正十五年から昭和八年までの三百六十九首を集めた佐太郎の実質的な第一歌集である。十七歳から二十四歳に至る時期である。発行順から言えば昭和十五年に発行された『歩道』*に続く歌集となる。『歩道』の好評に気をよくした八雲書林主の鎌田敬止の提案によって『歩道』に至るまでの初期作品を編集したのがこの『軽風』であった。佐太郎の歌に通底する憂鬱《ゆううつ》はすでにこの最初期の歌にも明白に表れ出ている。

＊『軽風』―第1歌集。昭和15（一九四〇）年、八雲書林刊。巻末「歌人略歴」参照。

＊『歩道』―第2歌集。昭和17（一九四二）年、八雲書林刊。巻末「歌人略歴」参照。

02

つとめ終へ帰りし部屋に火をいれてほこりの焼くるにほひ寂しも

【出典】『軽風』

一日の勤務を終えて、私は下宿の部屋に帰ってきた。冷え切った部屋で火鉢の火を起こし、暖を取る。部屋の埃が炭とともに焼ける匂いがする。その匂いが寂しい。

昭和四年新春、佐太郎十九歳の頃の歌。初出は「アララギ」昭和四年三月号「務めをへて帰りし部屋に火をいれてほこりの焼くる匂を寂びしむ」。初句《しょく》と結句《けっく》に異同がある。初出の歌では「務めをへて」「火をいれて」という「て」の重複や結句の字余りがうるさい。佐太郎はそれに気づき昭和十七年の歌集編集時に推敲《すいこう》したのだろう。歌集ではその弊《へい》がただされている。

岩波書店*の仕事を終えて寄宿舎の自分の部屋に帰ってくる。火鉢の炭に火

＊岩波書店―大正2（一九一三）

を入れると、いつのまにか炭の上に溜まっていた部屋の埃が燃えて、生々とした匂いが立ちあがった。その匂いを嗅ぎながら作者は侘《わび》しさと孤独感を噛みしめる。そういう歌である。

炭に埃が溜まっている、ということは、作者はこの火鉢にしばらく火を入れなかったということだろう。数日間、下宿に帰れない激務が続いたのか。それとも、下宿に帰るなり、火鉢に火を入れる余裕もなく眠りこけるような日が続いたのか。農村から上京し、都会で一人暮らす若者の荒《すさ》んだ生活実感が的確に捉えられていよう。

この頃の佐太郎の歌には、下宿生活の侘しさを歌ったものが散見される。

一月《ひとつき》ぶりに帰りてねむる此夜《よは》に枕のぬかはしめり居るらし　昭3

雨の日のゆふべは寒く吾が部屋になれし煙草の匂を感ず　昭4

雨にぬれ帰りし部屋にひたぶるに屋根うつ雨の音ぞ聞こゆる　昭4

どの歌からも陰々滅々《いんいんめつめつ》とした若者の憂鬱が伝わってくる。このような都会生活者の憂鬱の描写は、昭和初期の「アララギ」の若手歌人たちのひとつの流行となっていった。

年、東京・神田神保町に創業。岩波茂雄（一八八一—一九四六）が古書店から出発して、日本の代表的出版社の一つに育てた。佐太郎は当時ここに勤務していた。

03

昼ごろより時の感じ既に無くなりて樹立《こだち》のなかに歩みをとどむ

【出典】『歩道』

山中の道を歩く。疲労が募る。午後からは時間の感覚が茫漠としてきた。私はもう何時間こうやって歩いているのだろう。木立のなかに立ちどまり自らを省みる。

昭和八年七月下旬、二十三歳の佐太郎は尾瀬に行く。尾瀬は、群馬・福島・新潟の三県にまたがり、尾瀬沼・尾瀬ヶ原を中心に燧《ひうち》ケ岳・至仏山《しぶつざん》など周辺に二千メートルを超す山地を含む地域である。佐太郎はこの尾瀬の湿地を踏《と》破《は》し、それを題材に長大な連作「尾瀬沼」を作った。この歌は、山行の後半、尾瀬ヶ原から鬼怒沼林道を通り、日光沢温泉に下る途中の歌である。

山の中の鬱蒼《うつそう》とした細道を歩む作者は、疲労困憊《こんぱい》し、心がうつろになる。

ただ脚だけが前へ前へと進んでゆく。午後に入って時間感覚さえおぼろになってゆく。この歌の上句《かみく》*ではそのような意識が遠のくような感覚が歌われている。うつろになりつつある自分の意識を再び覚醒させるために、佐太郎は歩を止めたのだろう。

　佐太郎の歌は初期から短歌定型を遵守したものが多い。だが、この歌の上句は例外的に「昼ごろより」（6音）「時の感じ」（6音）「既に無くなりて」（8音）という破調*となっている。その散文的なリズムは、そのまま疲れ果てた作者の精神状態の乱れを象徴しているかのようだ。また、第二句・第三句の「時の感じ既になくなりて」という表現には、昭和六年の土屋文明*の「地下道を上り来りて雨のふる薄明の街に時の感じなし」（『山谷集*』）の影響が感じられる。

　昭和一桁台の時期には、五七五七七の短歌定型を破壊しようとする自由律短歌が全盛を極めた。「アララギ」内部でも土屋文明や斎藤茂吉が短歌に散文的なリズムを導入しようとしていた。若い佐太郎もそのような新傾向短歌*の影響を受けていたのだろう。そのことがよく分かる一首である。

*上句―「上の句」とも。五七五七七の短歌定型の前半五七五の部分をいう。（27ページも参照）

*破調―本来五七五七七の調べを持つべき短歌においてそのルールを無視した音数によって歌が作られること。

*土屋文明―日本の歌人、国文学者。（一八九〇～一九九〇）

*『山谷集《さんこく》』―土屋文明の第三歌集。昭和10（一九三五）年、岩波書店。

*新傾向短歌―昭和初期に勃興したプロレタリア短歌や新芸術派短歌の総称。短歌・定型に対する批判意識に裏づけられた作品が多い。

04

暮方《くれがた》にわが歩み来《こ》しかたはらは押し合ひざまに蓮《はす》しげりたり

【出典】『歩道』

仕事からの帰り道、私は池ぞいの道を歩く。池から生えた蓮の茎と葉が闇のなかで押し合うように揺れ合っている。その生々とした気配が私を不安にする。

『歩道』は昭和十五年九月八雲書林から発行された。佐藤佐太郎が初めて世に問うた歌集である。昭和八年・二十四歳のときから昭和十五年・三十一歳の時期までの歌、五百六十八首を収めている。序文で師の斎藤茂吉が「根岸短歌会*の一新風」と呼んだように、清新で感覚的な写実詠はアララギの新風として世に迎えられた。

この歌も昭和八年の歌。初出誌は現時点では見いだすことはできない。

*根岸短歌会—明治30年代、正岡子規を中心とする短歌結社。子規の住居が東京下谷上根岸にあったことから。同人は伊藤左千夫、長塚節らで、写生・万葉調を

この歌は帰宅途上の歌だろう。帰路の近くに蓮の生い茂る池か壕があったのだろうと思われる。が、この歌の上句に「池」「壕」といった具体的な場所の提示はない。「かたはら」という一語が漠然とした場所を示すのみである。

夕暮れは刻々と深まり、道を歩む作者の視野は夕闇によって閉ざされてゆく。辺りがはっきり見えないという雰囲気が「わが歩み来しかたはら」という不確定な場所の表現によく出ている。あたりが夕闇に包まれているからこそ、道を歩む作者の身体感覚がとぎすまされ、自らの歩みの横に蓮の繁茂があることを感じとったにちがいない。

蓮は葉も花も大きい。闇に閉ざされた自分の足元に、蓮の大きな葉と大きな花が密集し、緩い風によって揺れている。その蓮はおたがいに葉と葉を押し合うように重くそよぐ。佐太郎の耳と身体にその揺れの重さが伝わってくる。そのなまなましい感覚が「押し合ひざまに」という第四句の生々とした表現に現れ出ているだろう。

宵闇のなかに揺れる蓮の、重みのある生動感が感じられる歌である。

方針とした。「アララギ」はその流れを汲む歌誌である。

05

とろとろに摩《す》られし豆がつづけざまに石臼《いしうす》より白くしたたりにけり

【出典】『歩道』

石臼で大豆を挽く。石と石のすきまから、とろとろになった乳白色の液が滲み、滔々としたたり落ちてくる。半固体の白い液の、不定形な不気味さ。

同じく昭和九年の歌。手作りの豆腐を作っている場面であろうか。水に漬けてふやかした大豆を石臼で引く。石臼を回すたび、石臼の石と石の間から液状となった大豆が滴ってくる。その様子を即物的に描いた歌である。

初句「とろとろに」という擬態語*は口語的な響きをもつ。文語を基調とした佐太郎の歌としては珍しい表現だろう。固体であった大豆が液状となり滴る様子を表現するためには的確な擬態語である。トロトロとした乳白色の液

＊擬態語——視覚・触覚など聴覚以外の感覚印象を音で表現した語。

が途切れることなく滴り続ける、という状況は生々しく混沌としている。その混沌を執着心を持って執拗に見つめている若い作者の鬱屈が一首の背後から立ち上がってくる。

佐太郎はこの歌について自ら次のように言っている。

平凡な光景で、誰でも見てゐるのだが、当時私は或る驚きを持つて見ることが出来た。これだけものを見る眼が進んだやうな気持で嬉しかつたのを覚えてゐる。　『相互自註歌集歩道』*

たしかに佐太郎が言うように、当時の人々なら誰もが見てゐるような日常的な場面である。その光景を執拗に見て物象の変化を執拗に見ることによって、この歌には、なにかサルバドール・ダリ*のシュールリアリズムの絵を見るような溶解感や不安感が匂い立っている。第三句・第四句「つづけざまに石臼より白く」というぎくしゃくした字余りの調べも、不安を感じさせる要因なのだろう。

＊『相互自註歌集歩道』―昭和23（一九四八）年、講談社刊。巻末「歌人略歴」参照。

＊サルバドール・ダリ―スペインの画家。意識下の幻覚や欲望を写実的に捉えた独自の奇想天外な世界を表現し、超現実主義運動に一時期を画した。（一九〇四―一九八九）

06

舗道《ほだう》には何も通らぬひとときが折々ありぬ硝子戸《がらすど》のそと

【出典】『歩道』

喫茶店の硝子窓ごしに人通りの多い街路を眺める。ふと気づくと、ほんの一瞬であるが、その舗道をだれひとり通らない瞬間がある。その空漠の時間。

昭和十一年、佐太郎二十六歳の時の歌。初出は「アララギ」昭和十一年四月号「舗道には何もとほらぬ一時が折々ありぬ硝子戸のそと」。東京の冬の真昼間、作者は喫茶店の窓際の席に座りながら、何気なくガラス戸の外の人々の往来を見ていたのだろう。休日の昼間の人の往来は頻繁である。が、ふと気づくとその人通りが途絶え、窓の外の舗道を誰も通らない瞬間がある。そんな何もない瞬間を詩人の眼は見逃さない。「不在」そのものを見てしまう眼。佐太郎はそんな恐ろしい眼の持ち主だった。

この歌はまた時間の感受の仕方にも特徴がある。何も通らない「ひととき」というのは、舗道そのものが空っぽになる数秒のことを言うのだろう。が、その数秒の空白は一度ではない。折々、しばしば、作者の眼の前に現出するのだ。時間というものを瞬間の相のなかで見る「ひととき」と、それを流れの相のなかで見る「折々」。その二つの時間の相が重層的に捉えられているところもこの歌のもうひとつの魅力になっている。

『歩道』の「序」のなかで、師の斎藤茂吉*は「佐藤君の歌は取りも直さず根岸短歌会*の一新風として登場した」と記しているが、さしずめこの一首などはその言葉にふさわしい一首だと言えるだろう。

佐太郎の「不在」を捉える眼は晩年まで健在であった。

冬の日の眼に満つる海あるときは一つの波に海はかくるる　『開冬』*

家いでて坂に憩へる夏の午後行人の無き空白ながし　『星宿』*

一首目の歌に現れる海の不在。二首目の歌に現れる空白の時間。どちらもこの歌同様、目の前に突然現れる「不在」を捉えている。

*斎藤茂吉―2ページ脚注参照。

*根岸短歌会―8ページ脚注参照。

*『開冬』―第10歌集。昭和50(一九七五)年。弥生書房刊。巻末「歌人略歴」参照。

*『星宿』―第12歌集。昭和58(一九八三)年。岩波書店刊。巻末「歌人略歴」参照。

07

薄明《はくめい》のわが意識にてきこえくる青杉《あをすぎ》を焚《た》く音とおもひき

【出典】『歩道』

うすあかるい光に窓が滲みはじめる早朝。夢うつつの意識のなか、私はパチパチッと何かが弾ける音を聞いている。それはどうやら、青杉の枝を焚いている音らしい。

昭和十一年、佐太郎二十六歳の時の歌。初出は「アララギ」昭和十一年十二月号。

初冬の夜明け方、まだ冷めやらぬ茫漠とした意識のなかにパチパチッという弾けるような音が聞こえてきた。あ、これは外で青杉を焚いているのだ。作者はまだ覚醒しない前の意識のなかでそんな風に思った。そんな目覚めのときの心理状態を歌った歌である。

初句の「薄明の」は、夜明け前という時刻を表しているとも、眠りが覚めやらない茫漠とした意識の状態を表しているとも解釈できる（佐太郎自身は前者の解釈で言葉を使っている）。また、この歌は、第二句で軽く切るのか、それとも第三句で軽く切るのか、やや不明瞭なところがある。

薄明のわが意識にて／「きこえくる青杉を焚く音」とおもひき

薄明のわが意識にてきこえくる／「青杉を焚く音」とおもひき

前者のように第二句で軽く切る場合、作者は茫漠とした意識のなかで「ああ、今、私の耳に聞こえて来ているのは青杉を焚く音なのだなあ」と思っていることになる。後者のように第三句で軽く切る場合、作者は青杉の燃える音をはっきりと認識していることになる。半覚醒のとりとめのない意識状態を想起した歌だとすれば、前者の解釈の方がより優れていよう。

また結句の「き」は過去の回想を表す助動詞である。この助動詞によって、作者ははっきりと目が覚めてから、一刻前の茫漠とした心理状態を回想しているのだということが分かってくる。

意識の重層的な渾沌を、多義的な文体を使って表現している歌である。

08

朝のまの時雨《しぐれ》は晴れてしづかなる光となりぬ街路樹のうへ

【出典】『歩道』

朝、街を潤した時雨はもう止んでしまった。街路樹の上の冬空は、その雨に洗われたように、静かに澄みわたった光に包まれている。清浄な気分が胸に満ちる。

昭和十二年初冬、佐太郎二十八歳の時の作品である。初出は「アララギ」昭和十二年十二月号。

早朝、時雨が降り過ぎた町は、塵が洗われて新鮮な光に満ちる。葉を落とした街路樹も、雨に洗われて枝々が美しく輝きだす。その街路樹の上には澄み渡った午前の冬空の光が満ちている。そんな初冬の雨後の清新な印象をすずやかな調べに乗せて歌った一首である。

この歌の初句・第二句の表現には、斎藤茂吉が昭和二年に作った高名な「さむざむと時雨《しぐれ》は晴れて妙高《めうかう》の裾野をとほく紅葉《もみぢ》うつろふ」（『ともしび』*）の影響が感じられる。

また第三句・第四句にかけての「しづかなる光となりぬ」という表現が現代的だ。冬空の明るさを表現するために佐太郎は「明るし」といった形容詞を使わず「光」という抽象名詞を用いている。それによって凛とした硬質な冬の陽光が読者に印象づけられるだろう。

佐太郎は後年、この歌について「この四五句の技法は当時の私の好みであつたと言ってよい」（『相互自註歌集歩道』*）と述懐している。たしかに、この歌の第四句で叙述を一旦切り、そののち結句で叙述を補足する語句の展開方法はこの当時、佐太郎の歌に頻出する技法であった。抄出しておくと、以下のような例を挙げることができる。

わが心つつましくしてありしかば夜更《よふけ》となりぬ梅雨《つゆ》も降らなく　昭14
意識せぬ夜々《よひよひ》の夢あるらむと心はあやし夜半《よは》にめざめて
雨はれて一時《ひととき》へたる山中《やまなか》の道かわきをりけむりを立てて

＊『ともしび』―斎藤茂吉の大正14年（一九二五）から昭和3年（一九二八）までの歌を集めた歌集。昭和25年刊。岩波書店。

＊『相互自註歌集歩道』―11ページ脚注参照。

09

公孫樹《いちやうのき》の下を来ぬれば鱗形《うろこがた》に砂かたよせし昨夜《きぞのよ》のかぜ

【出典】『歩道』

初夏の銀杏並木の下を歩いてきたとき、ふと私は足元に魚の鱗のような波状の模様を見つけた。ああ、これは昨夜の風によって路の片隅に吹き寄せられた砂なのだ。

昭和十三年初夏、佐太郎二十八歳の時の歌。初出は「改造*」昭和十三年七月号「公孫樹下」七首のなかの一首である。

この歌の眼目は、第三句以下の「鱗形《うろこがた》に砂かたよせし昨夜《きぞのよ》のかぜ」という発見であろう。路上にかすかに溜まった細かい砂に風紋ができる。その様子を作者はこのように表現しているのである。

砂は生命をもたない鉱物に過ぎない。その無機質な砂に紋が刻まれること

＊「改造」―総合雑誌。大正8（一九一九）年、改造社（山本実彦主幹）が創刊。大正デモクラシーの潮流を背景に進歩主義的ジャーナリズムの代表的存在だった。昭和30（一九五九）年に廃刊。

によって、生々しい魚の鱗に見えてくる。無機質な鉱物が一瞬、命あるものに見える瞬間をこの歌は記録している。

また結句「昨夜のかぜ」も面白い。砂の上に命あるものを見た作者は、砂をこのように吹き寄せたものが、昨夜寝床で聴いていた激しい風であることを想像する。昨夜激しく吹いていた「あの風」を想起するのである。それによって、作者の上を経過した昨夜からの時間が、作者の体内から再び呼び起こされる。そんな感じがする結句である。

この歌が作られた昭和十三年、佐太郎は伊藤志満と結婚し、渋谷区原宿三丁目に移住している。そのせいだろうか、新しい生活の始まりによって清新な気分が作品の上にも漂っているように思われる。先にも触れた『相互自註歌集歩道』のなかで、佐太郎はこの歌について次のように述懐している。「千駄ヶ谷駅*に出る途中の実見であるが、割合にいい素材であった。『改造』から始めて歌を徴せられ骨折って作った五首の中の一首である」。新しい生活の第一歩を踏み出した佐太郎の新鮮な気分が一首のうちから立ち上がってくる感じのする一首である。

*千駄ヶ谷駅—東京都渋谷区の北東部にある。JR山手線代々木駅の東側。明治神宮外苑の一部で、閑静な住宅地。

10

はなやかに轟《とどろ》くごとき夕焼《ゆふやけ》はしばらくすれば遠くなりたり

【出典】『歩道』

金管楽器の華やかなファンファーレが響く。その音のように豪華な色彩で夕焼けが空を占める。が、それはいつのまにか彼方へ遠ざかるように薄れてしまった。

昭和十四年初冬、佐太郎二十九歳のときの歌である。冬の夕焼けが空いっぱいに広がる。全天を朱色が染める。それを見た作者はまるで華やかな金管楽器が鳴り響き轟くように思う。豪華な音楽を奏でられているような感じを受ける。が、その轟音はしばらくすれば遠ざかり、あたりは静寂に包まれる。夕焼けは色褪せ、いつの間にか闇が空を浸しはじめる。そんな感覚を大胆な直喩*を用いて表現した歌である。

*直喩―修辞法における比喩

この歌の場合、「夕焼」という視覚的な現象を「はなやかに轟くごとき」という聴覚的な比喩でもって表現しているところが斬新である。身体という基底の上で、強烈な視覚的な印象と聴覚的な印象がぶつかり合う。そんな迫力のある比喩だといえよう。下句の「遠くなりたり」は、現象的には夕焼けの赤色が褪せたことを言うのだろうが、佐太郎はそれを距離の隔たりとして感じとっている。視覚的な印象を身体的な距離感に変換して感受している。視覚・聴覚・身体の距離感覚。佐太郎は全身的な感受でもって夕焼けを捉えているのである。

この歌は佐太郎の自信作であったらしく「私の写生の実行は、まだ徹底したものではないが、『歩道』の晩期に於いてこの辺のところまで来たといってもよいだらう。夕焼を『はなやかに轟くごとき』と言つたところに私の感覚の重量と角度とがある」(『相互自註歌集歩道』*)と述懐している。

読者にとっては華麗な比喩の歌と見えるこの歌も、佐太郎にとっては「写生」の歌であり、実際に自分が感じた感覚の重量をそのまま言葉に写し変えたものなのだ。こういう自註にも「写生」を重んじる彼の短歌観が窺える。

の一つ。一つの事物を直接に他の事物にたとえること。「まるで…のようだ(な)、ごとし」などの語を使い、あからさまに二つのものを比較してたとえること。

* 『相互自註歌集歩道』——11ページ脚注参照。

11

地下道を人群れてゆくおのおのは夕《ゆふべ》の雪にぬれし人の香

【出典】『しろたへ』

雪が降る夕暮れ。新宿の地下道を人々が歩いている。厚手の衣服は雪に濡れ、その雪が服を潤している。その蒸れた湿気の奥から体臭のようなものが匂い立つ。

『しろたへ』*は昭和十九年十月に発行された第三歌集である。昭和十五年後半から十八年末まで三年あまりの歌四百七十五首を収めている。太平洋戦争の開戦以後に作られた多くの戦争歌を含んでもいる。

この歌は昭和十六年早春、佐太郎三十一歳の時の歌である。夕方、地上には水気の多い春の雪が降った。その雪に濡れた人々が新宿の地下道を歩く。ひえびえとした地下街ではあるが、群がる人々の身体からは雪に濡れた湿気

＊『しろたへ』―第3歌集。昭和19（一九四四）年、青磁社刊。巻末「歌人略伝」参照。

が立ち上る。その湿気のなかにかすかに人の体臭が混じる。そんな宵の地下街の様子を描いた歌である。鋭敏な嗅覚が感じられる歌だ。

湿気のなかで「人の香」を感じる、という歌には斎藤茂吉の「うすぐらき小路《こうぢ》をゆきて人《ひと》の香《か》をおぼゆるまでに梅雨《つゆ》ふけわたる」（『寒雲』*）という先例歌がある。が、佐太郎のこの歌は、当時はまだ珍しかった地下街を歩く人々を描いており、茂吉の歌よりも都会的で、当時としては新鮮だったろう。

第三句「おのおのは」の「は」は本来物事を他から区別して強調する働きをする助詞である。が、この「は」はどこに掛かってゆくか分からない。結句の「香」に繋がっていかないことは明らかで、浮遊感を感じる「は」である。この浮遊する「は」は佐太郎の歌に多く現れてくる。

いましがた茅蜩《ひぐらし》なける槻《つき》の木《き》はわが歩むとき葉のそよぐ音　『しろたへ』

連結を終りし貨車はつぎつぎに伝はりてゆく連結の音　『帰潮』*

このような歌に現れる「は」は、一つのものを見ながら、ふっとどこか異なったところへあてどなく漂ってしまう作者の魂のようなものを感じさせる。言わば佐太郎生来のあてどない心の動性に深く関わる「は」なのである。

* 『寒雲』—斎藤茂吉の昭和12年（一九三七）から昭和14年（一九三九）の歌を集めた歌集。昭和15年刊、古今書院。

* 『帰潮』—第5歌集。昭和27（一九五二）年、第二書房刊。巻末「歌人略歴」参照。

12

榛《はん》の木のしたに影する山葵田はつめたき山の水がやしなふ

【出典】『しろたへ』

榛の木の下影にワサビを育てる田が広がっている。ワサビは清流でしか育たない。山から下った冷ややかな水がそのワサビを育んでいる。清浄感が広がる。

昭和十六年初夏の歌。「山葵田《わさびだ》」と題された全十五首の連作のなかの一首である。寒冷な湿地に生える榛《はん》の木は、すっきりとした樹影が涼しげに見える樹木である。若葉も美しい。その榛の木の影が落ちる場所に冷たい山の清水を引いた山葵田が作られている。その清浄な光景をすっきりとした調べで歌った歌である。

第二句の「したに影する」がいかにも佐太郎らしい繊細な言いまわしであ

る。特に「影す」という動詞が効果的だ。「翳る」といった常套的な動詞を使わずに、佐太郎は「影」という名詞にそのまま動詞「す」とを繋げて「影す」という新しい動詞を作る。そこに佐太郎の工夫がある。この動詞によって、枝を伸ばした榛の木が、その影を山葵田の水にくっきりと落としている様子が眼に浮かんでくる。

この歌に限らず、佐太郎は抽象的な名詞に動詞「す」を接続して動詞化することが多い。この「影す」のほかにも「音す」といった動詞は佐太郎の愛用する動詞である。

谷地《やち》梻《だも》の林あかるき若き葉は風に音する川ぞひにして　『立房』
たえまなき風のひびきは直《ただ》ざまに空《そら》より吹きて草に音する　『地表』*

このような言いまわしは、佐太郎の癖のひとつではあるが、影や音といった現象を手触りそのままに読者に伝えようとする、表現上の工夫だと考えることもできる。

この繊細な第二句による情景描写に比して、下の句「つめたき山の水がやしなふ」はざっくりと大きな景を切り取って歌に生動感を付与している。つめたい水が山葵田を養育しているという大らかな擬人法が効果的である。

＊『地表』―第6歌集。昭和31（一九五六）年、白玉書房。巻末「作者略歴」参照。

13

戦は過ぎけるかなと蓖麻《ひま》のこまかき紅《あけ》も心にぞしむ

【出典】『立房』

太平洋戦争は日本の敗戦で終わった。戦争はもう終ったのだ、という思いを噛みしめながら目をやると、トウゴマの細かな花の紅い色も心に滲みわたってくる。

*『立房』―第4歌集。昭和22（一九四七）年、永言社刊。巻末「作者略歴」参照。

*『立房《たちぶさ》』は昭和二十二年七月永言社から発行された第四歌集。昭和二十年八月の終戦の日から昭和二十一年末までの四百四十首を収録する。永言社はこの年二月、佐太郎自身が設立した出版社であった（翌年廃業）。

この歌が作られたのは敗戦直後の昭和二十年の秋、空襲によって家財を失った佐太郎は知人の家に仮寓していた。

蓖麻《ひま》はトウゴマの異名。この実からひまし油を採取する。戦時中、物資が欠乏するなかで、各地では蓖麻の植え付けが奨励された。そこから採出するひまし油を航空機の潤滑油として使用するためである。道端の蓖麻から軍用機の潤滑油を採らねばならぬほど、日本の国力は疲弊していたのだ。

蓖麻の花は、深紅でブラシのような細かい棘が密集する。どこか禍々しい感じのする形象の花である。この歌の「こまかき紅《あけ》」という表現はそれを表していよう。蓖麻の花が都会の片隅に自生しているのを見て、佐太郎はそこから潤滑油を採った戦時を思い、その戦争が日本の敗戦によって終結したことを実感する。「戦は過ぎけるかな」という詠嘆はそのときの安堵とも虚脱とも言い得る心情を表しているだろう。

戦後、蓖麻の花は、戦争中の苦難を人々に思い起させる花として見られたらしい。この歌が作られた翌年、斎藤茂吉もこのような歌を作っている。

道のべに蓖麻《ひま》の花咲きたりしこと何か罪ふかき感じのごとく　『白き山』*

佐太郎の歌に触発された訳でもないだろうが、この歌の下句《*しもく》「何か罪ふかき感じのごとく」にも、あるいは戦時を回想する茂吉の心情が秘められているのかも知れない。

＊『白き山』―斎藤茂吉歌集。昭和24（一九四九）年刊。山形県大石田町在住時の作よりなり、自在な自然観照、気迫にみちた歌調、沈痛な心情などによって、生涯の到達ともいえる境地を感じる。

＊下句―「下の句」とも。五七五七七の短歌定型の後半七七の部分をいう。（7ページも参照）。

14

汽車の車輪の澄みしひびきが思ひがけず昼の事務室にきこえくる時

【出典】『立房』

蒸気機関車がブレーキをかける。その音が、倦怠感漂う事務室に聞こえてくる。鉄と鉄がふれあうキーンという音に私は何か澄んだものを感じとった。

昭和二十年初冬の歌。佐太郎は一時的に出版社・目黒書店に勤め、編集の仕事に従事していた。

冬の晴れ渡った昼。事務所でペンを執る佐太郎の耳に、国鉄の中央線の汽車のキーッというブレーキ音が届く。空襲によって焼け野原となった東京の冬。乾いた空気を切り裂いてその音は遠いところまで届いたことだろう。佐太郎は思いかけず聞こえて来たその澄んだ高い音に驚き、ふとわれに帰ったことだろう。そして、その音が汽車の車輪の音だと認識した時、佐太郎の胸には、かすかな旅情のような心情が湧き上ったであろう。

結句*「きこえくる時」の「時」が面白い。普通の作者なら車輪の音が聞こえてきたということだけを読者に伝えるような叙述をするはずである。例えば「聞こえ来たりぬ」などといった形を取って歌の叙述を落ち着かせるに違いない。が、佐太郎はその結句を「時」で収める。車輪の音を聞くことによってわれに帰り、自分がいま昼さがりのけだるい「時」のなかにいることに気づく。この結句の「時」という言葉の背後に、私たち読者は、佐太郎のそのような意識の流れを感受することができる。一見、収まりの悪いこの結句が、作者の茫漠とした意識の流れの描出に一役買っているのである。

同じ時期の歌に以下の一首がある。

澄みはてて北とほき天《そら》ひらけしに煙のなびく煙突が見ゆ　『立房』

焼け野原となった東京の冬空に立つ煙突を描いた歌である。何かあっけらかんとした悲哀のような感情が淡々とした風景描写の背後に滲む。このような歌にも終戦直後の東京の荒廃した町の風景が活写されていよう。

*結句——五七五七七の短歌定型の第五句のこと。

15

とほどほに息づくごとき星みえてうるほふ夜の窓をとざしぬ

【出典】『立房』

冬の夜、窓を閉めようと思って窓辺に立つ。澄んだ冬の闇のなかに星の明滅が見える。それはまるで人の息づきのようだ。その光を見ながら私は雨戸を閉めた。

昭和二十一年冬の歌である。冬の夜空に、星がちりばめられたように輝く。焼け野原の東京の空は澄み渡っている。冬のひややかな空気のなかで、星たちはまるで息をしているように、かすかな明滅を繰り返している。この歌の上句「とほどほに息づくごとき星みえて」からはそのような情景が浮かんでくるだろう。

佐太郎は直喩*の名人である。この歌においても「息づくごとき」という直

*直喩――20ページ脚注参照。

喩が効果的に使われている。本来、冷ややかで無機質な星という物象の明滅に、なにか人間の身体の温かみを感じさせるような「息づく」という動詞はそぐわない。が、この歌の場合、大胆にも、その両者が直喩によって結びつけられている。一定のリズムでわずかに明度を変化させる冬の星は、視点を換えれば、確かに繰り返される呼吸と同じ周期性を帯びているだろう。意外性のある直喩によって無機的なものと有機的なものを結びつける。そこに読者の常識を打ち破る新鮮な発見がある。

無機的なものと有機的なものの結合は下句にも登場する。「うるほふ夜の窓」という表現は、おそらく窓ガラスが夜気に濡れている様を表現しているのだろう。が、佐太郎はここでも「うるほふ」というしっとりとした肉感的な動詞でもって窓ガラスの湿りを表現している。さりげない表現ではあるが、ここにも常識的な見方を変更する新鮮な発見が提示されている。

冬空の星の美しい明滅を見た佐太郎は、窓ガラスを閉ざし、部屋の明かりを消す。「窓をとざしぬ」という余韻を感じさせる結句には、一日の営みを終えた作者の穏やかな充溢感が刻印されている。

16 苦しみて生きつつをれば枇杷《びは》の花《はな》終りて冬の後半となる

【出典】『帰潮』

戦後の貧しさのなかで、私は苦しみながら生きている。庭の枇杷の木の地味な花が散り始めた。長く、寒く、苦しかったこの冬も、もう後半戦に入ったのだ。

『帰潮』* は昭和二十七年二月第二書房発行、昭和二十二年から二十五年まで四年間の作品五百八十一首を集めた佐太郎の第五歌集である。戦後の貧困のなかで佐太郎の「純粋短歌」を確立した歌集である。

この一首は巻頭歌。昭和二十二年の初頭に作られた歌である。このとき佐太郎は三十七歳であった。

初句・第二句「苦しみて生きつつをれば」は、佐太郎には珍しく人生的な

＊『帰潮』―23ページ脚注参照。

慨嘆を率直に述べた表現であり大胆な感じがする。大上段に構えた述懐ではあるが、これが巻頭に置かれることで歌集一巻を貫く戦後の貧困のイメージが読者に提示される。非常に効果的なフレーズであるといえよう。

枇杷の花は、冬の初めに葉の間から咲く地味な花である。他人は気にもとめない質素な花。それを佐太郎は愛してきた。が、その花もいま散ろうとしている。しかも、冬はこれからが本番だ。一首の背後にあるのはそういう暗澹とした心情である。が、その一方「冬の後半」という言葉にはかすかな希望も宿る。厳しい冬のあとにはやがて明るい春が来る。佐太郎の胸には暗澹とした気分と同時にかすかな希望も兆しつつあったことだろう。

この歌について、佐太郎は以下のように自解している。

つぎつぎに咲きついだ枇杷の花も終りになって、冬もようやく深くなったという歌である。それだからこの歌は枇杷の花が主でなく「冬の後半となる」が主であるが、それも終戦後の苦しく貧しい生活のうちに、冬が更けてゆくということに私の感動があったのである。

『枇杷の花』*

＊『枇杷の花』—随筆。昭和43（一九六八）年、短歌新聞社刊。巻末「歌人略歴」参照。

17

今しばし麦うごかしてゐる風を追憶を吹く風とおもひし

【出典】『帰潮』

すっくと伸びた麦の穂がかすかな風に揺れる。その風が心のなかに追憶の気分を引き起こす。と、思うと、風と追憶の気分はいつのまにか霧消していた。

昭和二十二年初夏、佐太郎三十七歳の時の歌である。

穫り入れ間近かの麦畑の上をそよ風が渡る。かすかに揺れた麦の動きを見て、佐太郎はふと追憶に浸る。そして、その一瞬の忘我のあと「さっき俺は思い出に浸ってボーッとしていた」と我に返る。そんな微妙な心の動きを捉えた歌である。

この歌では時制が錯綜している。上句の「今しばし麦うごかしてゐる風」

の部分を読むとき、読者は「作者は今、かすかに動く麦の穂を見ているのだ」と思うであろう。が、その思い込みは結句の「おもひし」という過去の時制表現を読んだときに覆されてしまう。「おもひし」の「し」（助動詞「き」の連体形）は過去の回想を表す。口語に訳せば「思ったことだ」という意味になる。この結句を読んで読者は「この歌は今この瞬間に眼にしているものを歌っていたはずだったのに、どうして結句で過去の回想を表す表現になっているのか」と疑問に感じるに違いない。この歌を読み終わった読者の胸には、何か時間が捻じれているような、ワープ*しているような不思議な感覚が残ってしまう。

が、それは作者も計算の上なのだろう。光が降り注ぐ初夏の真昼。そよ風に揺れる麦畑を見ているとふと我を忘れてボーッとしてしまう。そんなとき、私たちは一瞬自分の意識が遠のくような思いになる。一見すると、時制が混乱しているように感じられるこの歌は、そんなときの茫漠とした時間の感覚をリアルに表現している。あえて文脈上の「捻じれ」を用いる。それによってあてどない主体の心の動きを描写する。そこに技巧がある。

＊ワープ―（warp）「ゆがみ」の意。ＳＦで空間のゆがみを利用して瞬時に目的地に移動すること。

18

連結を終りし貨車はつぎつぎに伝はりてゆく連結の音

【出典】『帰潮』

操車場のレールの上を滑ってきた貨車が、他の貨車に連結される。連結器がガチャリと音をたてる。振動と連結音が前の貨車、前の貨車へと順々に伝わってゆく。

昭和二十二年春の歌である。描かれている情景は、今ではもう見ることが少なくなった駅の操車場*の風景である。

かつて操車場では、各地に荷物を輸送するために、それぞれの貨車の振り分けが行われた。元の貨物列車から貨車のひとつひとつが切り離され、行き先別に振り分けられ、新たな列車に連結されてゆく。春の午後、佐太郎はその光景を飽きもせず見つめていたのだろう。列車の最後尾に新たな貨車がぶ

*操車場—停車場の一種で、車両の入れ換え、列車の編成を行うために使用する所。

つかり、その衝撃力によって貨車が連結される。連結器が触れあうガチャリという音がする。最後尾にぶつかった貨車の衝撃が、前方に繋がれている貨車の連結部に波及し、それぞれの連結器がガチャリ、ガチャリ、とリズミカルに音を連ねてゆく。下句で描かれているのはそのような情景である。

この歌にも文脈上の「捻じれ」がある。初句・第二句の「連結を終りし貨車は」と下句「伝はりてゆく連結の音」が主語―述語関係としてうまく繋がらないのである。初句・二句の視覚的な情報と、下句の聴覚的な情報の間には軽い断絶がある。「連結が終わった貨車は（今、しずかに目の前にあるかのように見える。しかし連結器が触れあうガチャリという音は）後ろの貨車から前の貨車へ次々に伝わってゆく。その音が今聞こえてくることだ」。もしこの歌を口語訳するとそのような文章になるだろう。が、この歌は括弧で括った部分を省略している。それによって、貨車の組み換えをあてどない気持ちで見つめている作者の茫漠とした心が読者に伝わってくる。この歌もまた文脈上の「捻じれ」を効果的に使った歌だといえるだろう。

19

秋の日のさやけきこころをつぼみ持つ枇杷の一木《ひとき》よ営々として

【出典】『帰潮』

清らかな秋の陽のなかに枇杷が立っている。よく見ると、その木は、すでに来年の春を見越した莟を葉の間に準備している。黙々としたその営みのけなげさよ。

昭和二十二年秋の歌である。枇杷の木は『帰潮』のなかに何度も登場する。佐太郎が当時住んでいた青山墓地*下の家の庭に一本の枇杷の木があった。その木を日々意識し見つめてきた結果なのだろう。

枇杷の木は大きく硬い葉を持つ。その葉は一年中茂っている。変化の少ない木である。が、よく見ると、冬の初めには小さな房状の花をつけ、それがやがて実となり、梅雨時には黄色い実を数多く実らせる。そしてその実が落

＊青山墓地―東京都港区にある都営の共同墓地。政治家・軍人・作家などの著名人の墓が多い。明治5（一八七二）年開設。

ちると、初秋のころ、もう次の花のつぼみをつける。枇杷の木は地味ながら、人目につかないところで、自らの営みをたゆみなく続けているのである。

この歌では下句の「営々と」という漢語由来の形容動詞がよく効いている。「営々」を辞書で引くと「あくせくと働くさま。せっせと励むさま」とあるが、佐太郎は実を落として間もない枇杷が、早くも来年の実りのために花のつぼみを付けつつあることに感動し、そこに「営々」とした姿を感じとったにちがいない。

佐太郎はこの歌について「私が終戦の後に、二年ばかり住んだ青山墓地下の家には、一本の枇杷の木があった。それを朝夕にながめていた。四十代のはじめのころである。春の青い実も見たし、それが黄に色づくところも見た。黄色い実は子供たちに取られ、あつい夏が終わり、ようやく秋になったかとおもうと、枇杷はもうつぼみを持っていた」(『枇杷の花』*)と回想している。

この歌の初句・第二句の調べは実にのびやかで明るい。その開放感が初秋の爽やかさを感じさせる。そこにも注目しておくべきだろう。

＊『枇杷の花』——33ページ脚注参照。

20

あたたかにみゆる椎《しひ》の木に近づきて椎の木の寒き木下《こした》をよぎる

【出典】『帰潮』

私の少し前方に冬の陽を浴びた椎の木が立っている。が、歩を進め、その木の下を通った瞬間、私は意外にも冷ややかさを感じてしまった。その温度差の不思議。

昭和二十三年の年頭、佐太郎三十八歳の時の歌である。

椎*の木は冬になっても葉を落とさない。常緑樹である。しかも大きな木である。冬になってまわりの木々が葉を落とし裸木となったときも、椎はその大きな濃緑の丸っこい樹形を私たちに示してくれる。

寒々とした街路を歩きながら、佐太郎はその椎の樹形にある種の暖かさを感じたのだろう。遠目にそれを見ながら、椎の木に近づき、その下の道を通

＊椎―ブナ科の常緑高木。ツブラジイ・スダジイの総称。関東以西の暖地に自生。果実はドングリ状で食用。

過する。すると、あにはからんや、日の光が遮られたその木下には寒々と空間が広がっていた。佐太郎は、少しばかりの失望を感じてその木の下影を通り過ぎる。そのような体験を歌った歌なのだろう。

この歌は「椎の木」という言葉が二度使われており、そのリフレインが一首に軽快さを与えている。温かさを感受している上句と、木の下の寒々とした空気を描いた下句の対比もあざやかで印象ぶかい。

が、先の「連結を終りし貨車」の歌同様、この歌にも、一首のなかに文脈上の「捻じれ」がある。上句「あたたかにみゆる椎《しひ》の木に近づきて」は、作者が椎の木を遠目から見ている情景である。作者は十数メートル先から椎の木を見、そこに数歩近づいていった。上句において作者は椎の木の十数メートル手前に立っている。が、下句「椎の木の寒き木下《こした》をよぎる」では作者はもう椎の木の下を歩いている。そこにかすかな時間の断絶がある。この一首を読むときに私たちが感じる時間がワープ*している感じは、そのような文脈上の軽い断絶によるものだろう。その断絶が、かえって、作者のあてどない意識の流れのようなものを感じさせるのである。

＊ワープ――35ページ脚注参照。

21

椎《しひ》の葉にながき一聯《いちれん》の風ふきてきこゆる時にこころは憩《いこ》ふ

【出典】『帰潮』

椎の歯の群がりの表面を風が過ぎってゆく。その風はまるで半固体状のようで長く伸びているように感じられる。その風の音に私の心は憩い癒されるのだ。

昭和二十三年初夏の歌である。

先の歌に続いて椎の木の歌である。椎の木の硬いちいさな葉に風が吹く。その風を「ながき一聯の風」と表現しているところが面白い。「一聯」とは「一連なり」という意味である。この表現によって風という不可視のものが、まるで形を持った半固体状のものであるかのように感じられてくるから不思議である。第二句の「ながき」はもちろん直接的には時間の長さを表すのだろう。一定の時間（十秒ほど）風が吹き続けていた。そう解釈するのが妥当である。が、それが「ながき一聯の風」と表現されると、まるで半固体状になった風の形状を表すかのように感じられてくるところが面白い。

下句「きこゆる時にこころは憩ふ」は省略の効いた表現である。本来なら、上句に登場した風を受けて「その風が聞こえるときに」といった言葉を補うべきところなのだが、佐太郎はそれをしない。それをしないことによって上句から下句にかけてキビキビと言葉が連動してゆく。

佐太郎は『及辰園自註』*のなかでこの歌について次のように自註している。

その頃青山墓地下の家に起居して、近くに椎の木があったから椎の風を聞いたので、それが樟であったらもっと美しい響を聞いたらう。「ながき一聯の風」は典拠でもありさうに思ふがも知れぬが自身の工夫であった。

『及辰園自註』

確かに、柔らかい葉の樟であったなら風の音はもっと軽やかだったに違いない。この歌は硬く重い椎の葉だからこそ内省的な趣を帯びるのである。

＊『及辰園自註』―自註。昭和49（一九七四）年、求龍堂刊。巻末「作者略歴」参照。

22

うつしみの人皆さむき冬の夜の霧うごかして吾があゆみ居《ゐ》る

【出典】『帰潮』

夜の街を霧が白く覆う。一日の業を終えた人々がそのなかを歩いてゆく。それを見ながら歩く私のまわりにも霧がまつわり、その霧が私の歩みにつれて揺れる。

昭和二十四年年頭、佐太郎三十九歳のときの歌である。この歌について佐太郎は『及辰園自註』*のなかで次のように自註している。

戦後多くの人は寒く貧しい冬の日を送つてゐる。さう思つて夜霧のこめた墓地下の道を帰るところ。『霧うごかして』は強調であるが平板な歌を作る人にはいやみにひびくだらう。『うつしみ』は現身であるが枕詞

＊『及辰園自註』―43ページ脚注参照。

にちかい。

『及辰園自註』

夜の街を霧が白く覆っている。そのなかを人々が疲れ果てた姿で歩んでゆく。その姿は、何か、亡霊のような存在感のない姿に見える。佐太郎はあえてその人々に「うつしみの」という語を付けることによって、その人々の存在感の希薄さを暗示させようとしているのかも知れない。

この歌には自己と他者の境界線が揺らいでいるような感覚がある。霧のなかを歩む人は他人なのだから、本来、彼らが寒さを感じているか否かは分からない。また下句「霧うごかして吾が歩みゐる」という表現は、他者の視点に立って自分の姿を遠くから見ているような客観的な表現である。「さむく」という自分とは無関係な他者の感覚を「さむく」とおもんぱかり、自分の身体を離れた他者の視点から「吾があゆみ居る」と言う。そこに「自己／他者」という区別を超えた感覚、自他が渾然一体となったような感覚が立ち上がっている。

佐太郎の歌は単に自分の目に映ったものを写すだけではない。人間の根底にある深層的な感覚の混沌を、この歌のように、不意に私たちの前に突きつけてくることがあるのだ。

23 貧しさに耐《た》へつつ生きて或る時はこころいたいたし夜《よる》の白雲《しらくも》

【出典】『帰潮』

私は相変わらず貧しさに耐えながら生きている。ふと夜空を見ると闇のなかにも関わらず白々した雲が浮かんでいる。それを見ると私の心も痛々しいものに感じられる。

昭和二十四年年末の歌。佐太郎は四十歳になっている。『帰潮』には作者の生活の貧窮を題材にした歌が多いが、この歌の初句・二句はその苦しみを大胆に告白していて力がある。

第四句の「こころいたいたし」という字余りが非常に重く響く。それはその前の第三句「或る時は」がほとんど意味を持たない虚辞*だからである。佐太郎は意味のない虚辞を使うことが非常にうまい。たとえば「あるときは」

*虚辞――ここでは、明確な意味内容を持たない言葉のこと。

（「或る時は」）という虚辞を用いた歌は、佐太郎の全歌集のなかで三十三首もある。そのなかの一部を例示すると以下のごとくである。

あるときは幼き者を手にいだき苗《なへ》のごとしと謂ひてかなしむ　『形影』*

冬の日の眼に満つる海あるときは一つの波に海はかくるる　『開冬』*

眼に満つる氷雪にして陸と海とあるときは色異なりて見ゆ　『開冬』

かたはらに猫が毛をなむるかすかにて貧しき音をあるときは聞く　『帰潮』*

これらの歌においても「あるときは」という語句はほとんど意味を持っていない。が、この言葉があることによって、一首の言葉の連なりはゆったりしたものになる。佐太郎は歌の言葉を「のろく使う」ことの重要性を何度も口にしているが、その「のろさ」を反面から保証しているのが「あるときは」を代表とした虚辞群なのである。

自分の心情を抑えきれず吐露したような「貧しさに耐へつつ生きて」、その激情をいったん堰き止めるように「或る時は」が置かれ、それが字余りの「こころいたいたし」を導きだす。そのような言葉のリズムの緩急が作者自身の気息のようなものとなって読者の心に響いてくる。

＊『形影』――70ページ脚注参照。
＊『開冬』――13ページ脚注参照。
＊『帰潮』――23ページ脚注参照。

24

秋分の日の電車にて床《ゆか》にさす光もともに運ばれて行く

【出典】『帰潮』

秋分の日の朝、私は電車に乗った。休日の朝の電車は空《す》いている。床に車窓から入った秋の光が差し込んでいる。この光とともに私は遠い所へ運ばれてゆくのだ。

昭和二十五年秋、佐太郎四十一歳のときの歌である。

秋分の時期、日の光はまだ強いが、少し黄味を帯びた秋の色あいになる。作者は休日の朝、人の少ない電車に揺られていたのだろう。座席に座っている作者の足元を窓から入った秋の日差しが照らす。車窓の窓枠によって区切られた平行四辺形の光である。作者はそれをみて「ああ、この光も、私とともにどこか遠い所へ運ばれているのだなあ」と思う。

光は固体ではない。切れ目のない連続体であろう。しかも列車に入ってくる光は常に後方に流れ去って、もとより静止することはない。が、この歌の場合、電車の床に差す光はまるで固体のように静止している。平行四辺形の光がそれ自体として物質化しているように見える。一見すると常識から外れているように思うが、よく考えると、電車の床に差す光は確かにこのような形で感受されるものだろう。難しい言葉は全くない平明な歌であるにもかかわらず、私たちの通常の認識に新たな知見を加えてくれる歌だと言える。

佐太郎自身『短歌指導』*のなかで、この歌を次のように自賛している。

特に何ということもない文字どおりの歌だが、秋の静かな日光が電車の窓硝子を透して床にさしているところで、電車が疾走して外景がどんどん移るのに日ざしは動かずにおかれたもののように床に照っているというのである。「運ばれてゆく」という感受が、ひとつの状態を捉え得たようにおもってうれしかった。「一言にして中《あた》る」などといってはおおげさかも知れないが、そういう自負も全くないこともない。『短歌指導』

＊『短歌指導』―佐藤佐太郎による短歌入門書。昭和39年刊、短歌新聞社。

25

階《かい》くだり来る人ありてひとところ踊場《をどりば》にさす月に顕《あら》はる

【出典】『地表』

夜、向こうに見えるビルの外部階段を人が踏み下ってゆく。彼が踊り場で方向を変えるとき、月の光が彼の身体を照らす。闇のなかに浮かびあがる身体の生々しさ。

佐太郎の第六歌集『地表』* は、昭和三十一年七月白玉書房から発行された。昭和二十六年から昭和三十年の五年間の歌四百八十三首を収めている。佐太郎の年齢でいえば四十二歳から四十六歳の時期である。前歌集『帰潮』が第三回読売文学賞を受賞し、歌人としての生活がようやく安定した時期の歌々が収められている。

この歌は昭和二十六年初秋の歌。ビルディングの外側につけられた階段を

＊『地表』―25ページ脚注参照。

降りてくる人がいる。佐太郎はそれを見ている。あたりは闇に包まれていて降りる途中の姿は見えない。ただ「踊場」（階段の折り返し点に作られた平らな部分）で向きを反転するときだけ、その人の姿が月の光のなかに浮かびあがる。「踊場」を過ぎ、また階段を下り始めると、その人の影はまた闇のなかに見えなくなってしまう。そんな情景が明晰に表れてくる。

人間の姿を歌った歌ではあるが、一首から受ける印象は非常に冷え冷えとしている。佐太郎の興味は、階段を下る人間が何をし、どこへ向かおうとしているかといった人事にはない。彼が関心を寄せるのは、闇に包まれた階段に立ち現われる人間の形象だけである。そこには視覚をぎりぎりまで研ぎ澄まし、そのほかの感覚や理屈を極限までそぎ落とそうとする冷徹な作歌精神がうかがえる。

このような視覚重視の詠法は、『地表』において顕著となり、その後の第七歌集『群丘』*（昭37）や第八歌集『冬木』*（昭41）で純化されてゆく。この時期、佐太郎は『帰潮』の主情的な作風を意識的に排除することによって新たな一歩を踏み出そうとしていたのである。

＊『群丘』――25ページ脚注参照。

＊『冬木』――第8歌集。昭和41（一九六六）年、短歌研究社刊。巻末「作者略歴」参照。

26

秋彼岸《あきひがん》すぎて今日ふるさむき雨直《すぐ》なる雨は芝生《しばふ》に沈む

【出典】『地表』

秋の彼岸も過ぎて、一雨ごとに秋が深まってゆく今日。冷たくまっすぐに降る雨は、庭に植えられた芝の間に垂直に落ち沈んでゆく。

昭和二十六年秋、佐太郎四十二歳のときの歌である。秋分の日が過ぎて、ようやく秋の気配が深まってゆくころの雨を歌っている。

この歌に描かれている芝生は、自宅のものではなく知人の家の庭に植えられていたものだったらしい。芝は直立している。葉はほとんど出さない。直立した芝の合間をまっすぐに降下する雨が濡らしてゆく。が、芝そのものはほとんど濡れていない。直立した芝と芝の合間に雨が沈んでゆくように見える。そのような状態を佐太郎は「直なる雨は芝生に沈む」という端的な下句で言い収めている。実に見事な写生だといってよい。

この歌の上句は、この下句の発見をきわだたせるためにあえて軽快でリズミカルな言葉の連なりを作り上げている。「あきひがん」「さむき」「あめ」という明るいア段音の響き、「あきひがん」「きょう」「さむき」という鋭いカ行音の韻。その両者の交錯によってキビキビと叙述が進行する。「さむき雨」「直なる雨」というリフレインも歌をリズミカルにしているだろう。

佐太郎はこの歌が作られたときのことを次のように説明している。

> 秋の彼岸が過ぎて肌寒い雨の降る日に集会があって中目黒の知人の家に行って居た。その家の庭は池もあり奥の方は小高くなって木立もあるが、池の手前は広い芝生になっていて、そこにしきりに雨の降りそそぐのが見える。風のない日で雨は垂直に筋を引いて、如何にもためらいのないという有様で降っているが、芝生はただ青く濡れているだけであった。
>
> 『短歌指導』*

＊『短歌指導』――49ページ脚注参照。

27

みづからに浄《きよ》くなるべく落葉して立つらん木々よ夜《よは》に思へば

【出典】『地表』

深夜、床に就いた私は昼間に見た街路樹を想像する。あの木々は、今、闇のなかで残った葉を落とし自ら清くなる準備をしているのだろう。冬を迎えるために。

昭和二十六年晩秋の歌である。

冬の到来を前に、街路樹は葉を落とす。おそらく今夜も木々は葉を落とし続けているに違いない。佐太郎は晩秋の深夜、そんな風に想像する。

第四句までの擬人法*が非常に大胆である。木々たちは、自分自身に対して清らかな存在であるために、落葉する。自己を清浄にする。佐太郎は街路樹をそうに想像している。その想像は清らかで美しい。

＊擬人法―人間でないものを人間になぞらえて表現する修辞法。

初句の「みずからに」の助詞「に」に深い含蓄がある。木自身に意志があり、木は自意識を持っている。あり得べき「浄らかな自分」であるために、木は自らに対してあえて厳格な態度を取り、余剰である葉を断ち切っている。この「に」はそんなニュアンスが籠っているだろう。樹木を擬人化することは多いが、このような内省的な形で擬人法が用いられるのは珍しい。

第四句の「立つらん木々よ」の「らん」は現在推量の助動詞「らむ」（らん）の連体形。口語訳すれば「今、立っているであろう木々よ」という意味になる。佐太郎は今、眼前に木々を見ていないのだから、その姿を推量するしかない。その意味でこの「らん」は厳格に使われている「らん」である。

この歌は四句切れ*の歌である。「木々よ」という詠嘆で鋭く文脈を断つこの語法は佐太郎の内的な感動を伝えている。「自らに対して清浄でありたい」という願望は、もちろん、最終的には佐太郎自身の胸に疼いていた希求だったはずだ。その希求を街路樹に投影して表現しているところがこの歌の魅力になっている。

上句に倒置法的に帰ってゆく結句「夜に思へば」も陰影が深い。

*四句切れ―五・七・五・七／七のように短歌の第四句で意味や内容が切れること。

28

脂肉《あぶらみ》をぢかに炙《あぶ》りてゐる音のわが聞くゆゑにいたいたしかり

【出典】『地表』

隣りで肉を焼いている音がする。脂が肉から滴り落ち、炭の上に落ちる。そのつどジュ、という音がする。その音は痛々しい。心寂しい私が聞いているからだ。

昭和二十八年年頭の歌である。このとき佐太郎は四十三歳になっている。焼肉をしている場面を歌った歌である。男たちが、牛肉か、豚肉か、肉の脂身を直火に当てて炙っている。脂身を喜んで食べているのだから、決して高級な店ではない。モツ*やホルモン*など安価な肉を出す露店なのだろう。網からは溶け出た脂が零れ落ちる。その脂は炭火によって熱せられ、時折、激しい炎を上げる。ジュ、ジュ、という脂の爆ぜる激しい音が佐太郎の耳に

＊モツ―「臓物《ぞうもつ》」の略。鳥獣の料理で内蔵などの呼称。
＊ホルモン―「モツ」に同じ。

届く。箸をもった手が幾本も肉に向かって延びてゆき、肉を掴む。そして、焦げた脂身は男たちの胃のなかに入っていくのである。

佐太郎は、剥き出しの食欲が露呈した焼肉の場面を何かおぞましい思いで見つめている。その思いで見るとき、肉を焼く音さえも痛々しいものとして耳に届いてくる。その背後には食べなければ生きていけない人間の「生」に対するおののきの感情が貼り付いている。

第四句の「わが聞くゆゑに」という挿入句が面白い。肉を焼く音そのものは、本質的には、喜ばしいものでも、痛々しいものでもない。が、今、私がこうやって耳を傾けているからこそ、その音は痛々しく耳に響く。そういう思いを表現しているのがこの第四句の表現だろう。そこに佐太郎の強烈な自意識が感じられる。

人間の「生」に深く思いを致し、その悲哀を常ひごろから感じている自分のような人間が聞くからこそ、この肉の焼ける音は痛々しい。そして、そう感じ得るのは、ここにいる男たちのなかで私一人なのだ。そういう詩人・佐太郎の孤独と自恃*のようなものを読み取るのは、深読みに過ぎるだろうか。

*自恃——自分を誇らしいと思う気持ち。

29

しづかなる象《かたち》とおもふ限りなき実《み》のかくれゐる椎《しひ》も公孫樹《いちやう》も

【出典】『地表』

初秋。椎にはどんぐり、銀杏にはぎんなん、数限りない実を湛えながら木は立っている。まだまだ豊かな緑の葉の奥に木はその実を隠して時を待っているのだ。

昭和二十九年秋、佐太郎四十四歳のときの歌である。椎の木も公孫樹の木も色づきはじめ、その葉の間に椎の実やギンナンを育んでいる。秋晴れの澄み切った空気のなかで万物は実りの季節に入りつつある。そういう初秋のさわやかさが歌の明快な調べから伝わってくる。

初句・第二句「しづかなる象とおもふ」は平明であるが「秋晴れとなって」といった直接的な説明をしていないところに表現上の工夫がある。秋晴れの昼、明るい光が降り注ぐ。それによって万物の輪郭や形がしずかに鮮やかに浮かび上がる。そんな空気感が端的な表現のなかから滲み出る。

第三句・第四句の「限りなき実のかくれゐる」がかわいい。細い円筒状の椎の実やつぶらなギンナンが、葉の間に、人間に見つからないように、自分の姿を隠している。佐太郎はそのけなげな姿をほほえましい気持ちで想像していたに違いない。

この歌の結句は、おそらく斎藤茂吉の次の歌に触発されているのだろう。

秋晴のひかりとなりて楽しくも実りに入らむ栗も胡桃《くるみ》も　『小園』*

昭和二十年八月、茂吉は疎開先の金瓶村*で終戦を迎える。その秋の歌である。日本という国は敗れても、秋が来れば栗や胡桃が実りはじめる。敗戦の悲哀のなかにあるからこそ、秋晴れの明るさが茂吉の心に沁みたのだろう。

秋晴れの明るさのなかに立つ街路樹を歌う佐太郎のこの歌も、終戦直後の茂吉の晴朗な歌の響きを正しく受け継いでいる。

＊『小園』―斎藤茂吉の昭和18年（一九四三）から昭和21年4月までの歌を集めた歌集。昭和24年刊。岩波書店。

＊金瓶《かなかの》村―現在の山形県上《かみの》山《やま》市金瓶。斎藤茂吉の生地でもある。

30

夢殿《ゆめどの》をめぐりて落つる雨《あま》しづくいまのうつつは古《いにしへ》の音

【出典】『群丘』

八角形の屋根を持つ法隆寺夢殿。その庇の下に入って、降り始めた秋雨の雫の音を聞く。すると、今この瞬間がいにしえの世であるかのように感じられる。

佐太郎の第七歌集『群丘*』は、昭和三十七年十二月短歌研究社から発行された。昭和三十一年から昭和三十六年の六年間の歌五百二十七首を収めている。佐太郎の年齢でいえば四十七歳から五十二歳の時期である。

この歌は、昭和三十二年初秋、奈良法隆寺を訪れた時の歌。法隆寺の夢殿*は八角形の屋根を持つ堂宇である。佐太郎は秋の雨の降る日にそこを訪れた。軒の下に入ると、雨滴の音は軒の外縁に沿って佐太郎のまわりを巡り包むか

＊『群丘』―第7歌集。昭和37（一九六二）年、短歌研究社刊。巻末「作者略歴」参照。

＊夢殿―奈良県斑鳩町の法隆寺東院にある八角堂。七三九年行信が造営。救世観音像を安置。

のように聞こえてくる。この歌の「夢殿をめぐりて落つる」という表現は、雨音に包まれているときの感覚を的確に伝えているだろう。

その雨の音を聞きながら、佐太郎は「いまのうつつは古の音」という感慨を覚える。この下句の表現は、本来なら「いまのうつつ（に私が聞いている雨音について言えば、この雨音は、あたかも）古の（時代に天平人《びと》が聞いた雨の）音（のような感じに聞こえてくる）」とでも言うべきところである。佐太郎は括弧で括った部分を大胆に省略して、その省略した部分を読者の想像力に委ねている。

「いまのうつつは」の助詞「は」は佐太郎の歌に頻出する浮遊する「は」である。一般的に「は」は「甲は乙である」というように明晰に定義するときに用いられる助詞であるが、佐太郎の「は」は、きわめて緩く、浮遊しながら上の言葉と下の言葉を接続する。それは先に見た「暮方《くれがた》にわが歩み来《こ》しかたはらは押し合ひざまに蓮《はす》しげりたり」（『歩道』）「連結を終りし貨車はつぎつぎに伝はりてゆく連結の音」（『帰潮』）といった歌を見ても容易に了解できるだろう。

31

屋根のうへに働く人が手にのせて瓦をたたくその音きこゆ

【出典】『群丘』

近所の家で屋根ふきが行われている。瓦職人が屋根に上って、瓦を叩いて大きさを調整している。軟らかい掌に置かれた堅い瓦の音。それが鈍くあたりに響いている。

昭和三十四年年頭の歌である。この歌には自註がある。

これは近所で工事している物音を聞いているところである。瓦をふく職人が屋根の上で働いていて、ときどき瓦の大きさを調整するために瓦を割ったりする。このごろは瓦ぶきも少くなったから、その音をなつかしい音として聞いたのであった。

『作歌の足跡』*

*『作歌の足跡』――自註。昭

この自註を読むまでもなく歌意は非常に分かりやすい。「屋根のうへに働く人」とは要は「瓦職人」なのだが、佐太郎は理を持ち込まず見たまま「屋根のうへに働く人」という。これによって明るい冬晴の空の下、屋根にのぼって労働している職人の姿があざやかに目に浮かぶ。

また「手にのせて」の一語が鋭い。やわらかい手のひらの上に硬い瓦を載せて、職人が瓦の縁を割ってゆく。その動作がこの一語で伝わってくる。

この歌は四句切れ*の歌である。四句目までは明晰な視覚的な情報が提示されている。第四句で深く休止したあと、佐太郎は結句で「その音きこゆ」と改めて歌を歌い起こし、聴覚的な情報を提示する。この呼吸がすばらしい。このような表現を読むと、職人の動作を明確に想像した後で、かすかに遅れて、手のひらの上で瓦をたたくくぐもった響きを聞いた気分になる。

目に見える情景に一瞬遅れて聞えてくる音。その微妙な時間差が、四句切れの文体と結句「その音きこゆ」によって読者にも体感し得るものになる。そこにこの歌の表現上の工夫があるのだろう。

和55（一九八〇）年、短歌新聞社刊。

＊四句切れ―55ページ脚注参照。

32

白藤《しろふぢ》の花にむらがる蜂の音あゆみさかりてその音はなし

【出典】『群丘』

白い藤が花房を垂らしている。その花房に蜂が鈍い翅音を立てて集まっている。花房のもとを私が立ち去ったとき、その音はいつの間にか聞こえなくなった。

昭和三十四年初夏、大和当麻寺《たいまでら》*で歌われた歌である。

この歌は上句と下句の間に時間的な断絶がある。上句「白藤の花にむらがる蜂の音」という叙述は、作者が藤棚の下に立っている時点を想定して書かれているのだろう。

紫の藤の花に比べて、白い藤の花は明るく大振りに見える。白藤が垂れている藤棚の下は、何となくほのかな夢幻を感じさせるような明るさに満ちて

＊当麻寺―奈良県当麻町にある高野山真言宗・浄土宗の寺。寺伝によれば、六一二年、聖徳太子の弟麻呂子王が河内に建てた万法蔵院に始まるという。六八一年頃現在地に移転、改称。

いる。佐太郎はその花の下に立ちながら花を見上げる。耳の底に、花の蜜を求めて集まってくる蜂たちの鈍い翅の振動音が絶え間なく聞こえている。上句で描かれている情景は初夏の薄暑の昼下がりのそんな情景だろう。

が、下句の叙述において作者はもう藤棚の下にはいない。その下を抜け、藤棚から離れたところを歩んでいる。ふと気づくと、さきほどまで絶え間なく聞こえていた翅の音はいつのまにか聞こえなくなっている。佐太郎はそれに気づき、自分がいつの間にか藤棚から遠ざかっていたことに改めて気づく。この歌にはそんな意識の流れが描かれている。

ふと数秒前のことを思い出すことによって、その数秒前から今までの時の経過を感じる。この歌はそのような構造をもっている。思うに、この歌の背後には、斎藤茂吉の高名な「赤茄子の腐れてゐたるところより幾程もなき歩みなりけり」（『赤光』*）の歌の影響があるだろう。時間意識をどのように描写するかという点においてこの二首はよく似ている。

「しらふじ」という俗な言葉の響きを避けて、あえて「しろふじ」とルビを振っているところも、言葉の清潔感を求めた佐太郎らしい。

*『赤光』―歌集、斎藤茂吉作。大正2（一九一三）年刊。写実を基調とし、生への愛惜と悲哀を官能的に詠う。

33

氷塊のせめぐ隆起は限りなしそこはかとなき青のたつまで

【出典】『冬木』

オホーツク海を南下した流氷が知床半島に着岸する。流氷は押し合い、隆起して、はるか沖まで連なっている。陽の光を内包し、かすかに青い色を発する流氷たち。

佐太郎の第八歌集『冬木*』は、昭和四十一年八月短歌研究社から発行された。昭和三十七年から昭和四十年の四年間の歌五百十四首を収めている。佐太郎の年齢でいえば五十三歳から五十六歳の時期である。

この歌は昭和三十七年三月、知床半島で歌われたもの。流氷に興味を抱いた佐太郎はひとり東京を発ち知床の宇登呂《*ウトロ》に向かいこの歌を成した、という。オホーツク海を南下した流氷は、知床半島に流れつき、その海岸でぶつか

＊『冬木』―51ページ脚注参照。

＊宇登呂―知床半島西岸の中央にある。一九七〇年代の観光開発で宿泊施設がで

りあう。お互いがひしめくあうことによって海面には荒々しい隆起が形づくられる。上句の「氷塊のせめぐ隆起は限りなし」という表現はそのような光景を端的に表している。特に「せめぐ」は「お互いに争うこと」を表す動詞であり、この光景にふさわしい。

荒々しい力を感じさせる上句に対して、下句「そこはかとなき青のたつ」は静かで美しい。流氷は、空の青色を映してかすかな青を帯びる。その微妙な色合いを佐太郎は見逃がさなかったのだ。上句の荒々しさと下句の静謐さとが見事なコントラストを作っている歌である。

この歌は、初出のときは以下のような二首から成っていた。歌集を編むときにその二首を一首にまとめたものであった。

氷塊のせめぐ隆起は無尽数するどき影の沖までつづく　（初出形）

凍りたる海のおもては荒々しそこはかとなき青のたつまで

前者の上句と後者の下句を合体させたのが掲出の一首となったのだろう。前者と後者の歌から客観的な表現だけを抜き出し、合体させることによって、佐太郎は冷徹ささえ感じさせるこの一首を生成したのである。

き、岬周遊船の発着等、知床観光の拠点の一つとなっている。

34

憂《うれひ》なくわが日々はあれ紅梅の花すぎてよりふたたび冬木

心配事のないまま日々を送らせてほしい。私はそう願う。そんな私の眼の前に、花期を終え、赤い花びらを落とし、再び冬の裸木のようになった梅が立っている。

【出典】『冬木』

昭和四十年年頭、佐太郎五十五歳のときの歌である。

昭和三十七年ごろより佐太郎の健康に翳が差し、彼は養生を続ける。この体調不良は、昭和四十一年歳晩の鼻出血により決定的なものとなる。佐太郎の肉体にまぎれもない老いが忍びよってきていたのである。

この歌の初句二句は、佐太郎の歌にはめずらしく命令形が用いられている。心配することのないまま日々を送らせてほしい、という切実な希求が込められた表現であるが、その背景にはこのような身体上の不安があった。

第三句以降の梅の木の描写に発見がある。梅はまだ寒い冬のうちから花をつけはじめる。が、花を落としたあと、葉が芽ぶくまでしばらく間隙がある。その期間、梅の木はふたたび裸木となり、真冬の木の姿に戻る。三句以降の「紅梅の花すぎてよりふたたび冬木」という表現は、あまり人が気づかない梅の木の生態を見事に捉えている。また、本来この部分は「紅梅の花すぎてより（その紅梅の木は）ふたたび冬木（となった）」と言うべきところだが、佐太郎は、括弧に括った部分を省略してキビキビと言葉を運んでいる。

紅梅の紅は濃い。白梅とくらべ濃密な感じのする花である。いったん豪華な開花を見せながら、再び清浄で厳粛な冬木の姿に戻り、静かに春の到来を待つ。そんな梅の木の姿に佐太郎は祈りを託したのである。

佐太郎はこの歌について「庭にある寒紅梅である。年の暮れから花が咲きはじめ、終わるとまたもとの冬木にかえって春の葉が出るまで裸木のまま寂しく立っているのを哀れに思った。毎年見ている木だが、この年はじめて私は感動して一首にした」（『作歌の足跡』[*]）と回想している。

＊『作歌の足跡』――62ページ脚注参照。

35

おもむろにからだ現はれて水に浮く鯉は若葉の輝きを浴む

【出典】『形影』

池の濁った水の底から、ゆっくりと何者かの体が浮き上がってくる。鯉だ。水面から現れ出た鯉の濡れた背が木々の若葉の木洩れ日を浴びてぬめぬめと輝く。

佐太郎の第九歌集『形影』*は、昭和四十五年三月短歌研究社から発行された。昭和四十一年から昭和四十四年の四年間の歌五百十四首を収めた彼の歌業のピークをなす歌集である。五十七歳から六十歳の時期に当たる。

この一首は巻頭歌である。明治神宮神苑の池の鯉を歌っている。

なにか生々とした実在感が立ち上がってくる。それは初句・第二句の「おもむろにからだ現はれて」という字余りを含んだ表現によるところが大きい。

*『形影』―第9歌集。昭和45（一九七〇）年、短歌研究社刊。巻末「作者略歴」参照。

まず、ゆっくりと、思いがけなく、なにか「得体の知れないもの」の「からだ」が眼前に現れる。そんな不気味で生々しい印象がまず読者の脳裏に立ち上がってくる。その「得体の知れないもの」は水面に浮きあがる。第三句「水に浮く」によって読者は、それが水に浮力によって浮き上がったことを知る。ここまで上句を読み終えた時点では、その「得体の知れないもの」が何であるかは読者には明かされない。

下句に至って初めて読者は、その「得体の知れないもの」が「鯉」であったことが分かる。ここまでの叙述は、人間が未確認なるものと出会ったときの心の動きを正確にトレース*しているといってよい。佐太郎はものと出会うときのプロセスを、できる限り忠実に言語化しているのである。

上句の生々しさに比べて、下句「鯉は若葉の輝きを浴む」はまるで一幅の絵画を見るように美しい。池の水面には今盛りの若葉の鮮やかな緑が映っている。きらきらとした緑色の輝きに満ちた水面から浮かびあがる鯉は、まるでその輝きのシャワー*を背筋から浴びせかけられているようだ。その情景を佐太郎は「若葉の輝きを浴む」と端的に表現している。

＊トレース―（trace）敷き写し。元になるものをなぞり写すこと。

＊シャワー―（shower）じょうろ状の噴出口から出る水や湯。

36

自動車に遠くゆくときしばしばもトンネルの中の泥濘さびし

【出典】『形影』

自動車を運転して遠出をする。トンネルの中を通る。暗闇のなか、道路に溜まった水だけが出口から入る光に反射して鈍い光を反射している。何か寂しい輝きだ。

昭和四十一年晩秋、佐太郎五十七歳の時の歌である。

佐太郎は昭和三十四年に自動車免許を取得し、歌の題材を探すために処々にドライブをした。運転そのものを題材とした歌もある。たとえば「新しき高速道路ゆくときに前方の曲線をわれはよろこぶ」（『冬木』）などは、自動車の運転中の快感を素直に表現した歌であろう。

この歌でも、おそらく佐太郎はハンドルを握っているのであろう。トンネルの中に水たまりがある。出口から入る日の光を反射してその水たまりだけが光って見える。自動車で遠出をした佐太郎は、トンネルの水たまりの光を幾たびか目にしたのだろう。暗いトンネルの中でハンドルを握るのは緊張する。泥濘《でいねい》にタイヤを濡らすとスリップする危険もある。暗闇のなかにおぼおぼと光る不定形の水たまりを見ながら、佐太郎は何かあてどない恐れと寂しさを感じたのだろう。

佐太郎には自分の足元に光る不定形なものに感応した歌がいくつかある。

街ゆけばマンホールなど不安なるものの光をいくたびも踏む　『天眼』

この日ごろ遊歩道には氷とも泥ともつかのものの落ちをり　『星宿』

何といふこと知らざれど行く道を圧しくるごとし木草の光　『黄月』

マンホールの蓋のおぼめく光、凍った泥の鈍い光、足元に繁茂する草木の光。それぞれどこか存在の不確かさのようなものに繋がっている。トンネルに光る泥濘を見たときの不安感もおそらく同様のものだったのだろう。

37

冬山の青岸渡寺《せいがんとじ》の庭にいでて風にかたむく那智の滝みゆ

冬枯れの木々のはざまを通って清岸渡寺の庭に出てみた。すると遠くに、強い西風によって斜めに傾いて流れ落ちている那智の滝の全貌が見えた。

【出典】『形影』

昭和四十三年年頭、和歌山県の那智を訪れたときの作である。青岸渡寺*は西国三十三所第一番の札所であり、その庭からは名瀑那智の滝*を望むことができる。佐太郎はその庭に出て、眼下に見える那智の滝の全貌を目にしたのである。滝は風にあおられて途中からしぶきをあげ、横にぶれている。佐太郎はそれを見て「風にかたむく」という正確無比な言葉で言い表している。

＊青岸渡寺―那智勝浦町にある天台宗の寺。熊野那智大社に隣接。仁徳天皇の時、インド僧裸形上人の開基という。

＊那智の滝―那智勝浦町、那智川上流にある滝。四十八

が、この歌の魅力はそれだけではない。まず初句「冬山の」というゆったりとした歌い出しがいい。第二句の「青岸渡寺」という固有名詞もリズミカルに響く。その調べの軽快さは第三句の「庭にいでて」という一字字余りでかすかに緩められ、下句へ叙述が流れる前に一旦「溜め」が作られる。このあたりの呼吸が抜群である。

この歌の上句の主語は作者・佐太郎だろう。が、下句の主語は「那智の滝」である。普通「て」という助詞は同じ主体が連続した動作をするときに用いる助詞である。したがって「て」を挟んで、作者から滝に主語が変わるこの歌には、文脈上の「捻じれ」がある。本来なら「(私が) 庭にいでて (遠くを見てみると) 風にかたむく那智の滝 (が) 見ゆ」と言うべきところだが括弧の部分が省略されているのである。

が、この省略の背後には生き生きした心の流れが感じられる。作者が庭に出た瞬間、ふと自分の視野のなかに風に傾く滝が入ってくる。自分の動作を意識している作者の脳裏に、突然ひとつの光景が立ち現れる。そういう驚きが文脈上の「捻じれ」を生む「て」によって表現されている。

滝と称される多くの滝があり、そのうちの一ノ滝は、落差一三三メートルで飛滝神社の神体。

38

をりをりに扉がきしみ寂しさのただよふなかに午睡したりき

【出典】『形影』

午後、身体を横たえて私は昼寝をする。夢と現実のあわいのなかにどこかのドアがキーッときしむ音がする。その音を聞きながら私は再び眠りに落ちてゆく。

昭和四十三年早春、佐太郎五十八歳のときの歌である。佐太郎は昭和四十一年歳晩、鼻から大量の出血をして入院する。それは佐太郎を苦しめる循環器系の疾患の本格的な始まりだった。このとき軽い脳血栓を起こしていた彼は、その後、本格的に身体の養生に努めることになる。

養生の一環として佐太郎が習慣にしていたのが午睡（昼寝）である。

おろそかに昼ねむければ睡るなり風のすずしき日ごろとなりて　『冬木』

聟といふ関係にある青年が午睡のわれをのぞきて帰る

掲出の歌が作られる四年ほど前にはすでにこのような歌が作られている。五十代の佐太郎が身体を休めるために午睡を習慣にしていたことが窺える。

午睡は熟睡できない。うつらうつらとした意識のなかで、風にあおられた建付けの悪い扉がキーッ、キーッ、と何度もきしむ。その音を聞きながら佐太郎は重く苦しいまどろみのなかに落ちてゆく。この歌は、そんな心理状態を描いた歌であろう。

第三句・第四句「寂しさのただよふなかに」が秀逸である。自分が寝ている上空に、気体となった「寂しさ」が浮かび、それが自分のめぐりを漂いながら、自分の身体の上に降りてくる。「寂しさ」という情緒が外在化されて、その寂しい空気のなかで自分がまどろみに沈んでゆく。そんなあてどない感覚がよく出ている表現だろう。

この歌の後ろには「雪どけのしづく聞こゆるひるすぎに生養《いのち》ひてしばらく眠る」「老づきしあはれのひとつあやまりて舌嚙むことの幾たびとなし」という歌もある。当時の佐太郎の状態がよく分かる歌々である。

39

夕光《ゆふかげ》のなかにまぶしく花みちてしだれ桜は輝《かがやき》を垂る

【出典】『形影』

春の夕陽が斜めから射し込む。長い枝を垂らした枝垂れ桜は今満開のとき。うすい紅の花に陽があたると、枝々は薄紅の光の雫を垂らしているかのように見える。

昭和四十三年春、京都の二条城*を訪れたときの歌である。

枝垂れ桜の花は、ソメイヨシノよりもさらに淡いピンク色をしている。花もソメイヨシノよりも小さい。明るい春の夕方、斜めから差し込む陽光に満開の花が照らされる。するとその小さな花の一粒一粒が輝きとなって枝から滴り落ちるように見える。そんな光景を鮮やかにとらえた一首である。

この歌の上句ではゆったりと言葉が運ばれている。ア段音とイ段音がリズ

*二条城―一六〇二年、徳川家康が上洛時の宿所として建設した城郭。

ムよく連鎖して、いかにも駘蕩とした春の夕方を思わせるような穏やかさを醸し出している。が、下句の「しだれ桜は輝を垂る」はピシリと締る端的な言い回しである。ゆったりと歌い出し、下句でピシリと決める。そのメリハリがすばらしい。

結句の「輝を垂る」の「垂る」は「垂れる」という意味を表す自動詞ではない。ラ行下二段活用をする他動詞である。口語でいえば「垂らす」である。枝垂れ桜の木が「輝《かがやき》」を垂らす。佐太郎は木を擬人化して表現することによって、光の粒子をふりこぼそうとしている夕方の木の姿を描きだすことに成功している。

また「輝」が漢字一字で表記されているところにも注目すべきだろう。これによって花の光の反射が硬いソリッド*なものとして感じられ来る。この部分をひらがなに開いて「かがやき」としたり、送り仮名を振って「輝き」と書いたら硬質な手触りは感じられなくなってしまうだろう。

ゆったりと言葉を起こしながら「輝を垂る」でピシリと締める。「垂る」を他動詞として使い木を擬人化する。「輝」を漢字一字で表現してきらめきを結晶化する。佐太郎の言語感覚が冴えわたった一首である。

＊ソリッド――（solid）固体状であること。

40

冬の日の眼に満つる海あるときは一つの波に海はかくるる

【出典】『開冬』

冬の日の私の視野に海原が広がっている。岸辺に大きな波のうねりが押し寄せる。その波によって私の視野がとざされ、一瞬、広い海原が見えなくなってしまう。

佐太郎の第十歌集『開冬』*は、昭和四十九年九月弥生書房から発行された。昭和四十五年から昭和四十九年の五年間の歌五百七十六四首を収めている。六十一歳から六十五歳の時期に当たる。

掲出の歌は昭和四十五年秋、千葉県の九十九里浜*を訪れたときのもの。初句・第二句は九十九里浜の前にひろがる広大無辺な太平洋の海原の描写である。「眼に満つる海」とは「自分の視野のすべてを占領するかのような海」

＊『開冬』—第10歌集。昭和50（一九七五）年、弥生書房刊。

＊九十九里浜—千葉県東部、行部岬から太東崎までの約60キロメートルの砂浜海岸。

という意味。視野を「眼」という一言で表す大胆な表現である。

砂浜にはうねりをはらんだ荒い波が絶え間なく打ち寄せる。が、その波には大小がある。大きな波が打ち寄せるとき、その波の丈高いうねりによって海全体が作者の視野から消えてしまった。一つの波の前に海が隠れてしまった。下句の表現はその一瞬の光景を描いている。

前半の広大な海の情景が、一瞬にして閉ざされ見えなくなる。この一首はそのような自然のダイナミズムを的確に捉えている。が、その背後には力動感に満ちた海面が一瞬のうちに無化されてしまうという驚きがある。意味に満ちた世界が意味の連関から切断されてしまう一瞬。すでに見た「舗道《ほだう》には何も通らぬひとときが折々ありぬ硝子戸《がらすど》のそと」（『歩道』）や「憂《うれひ》なくわが日々はあれ紅梅の花すぎてよりふたたび冬木」（『冬木』）といった歌でも明らかなように、佐太郎は存在が不意に途切れた瞬間を歌にする。彼は存在の無意味性を冷徹に見つめる歌人なのである。

佐太郎はこの歌でも第三句に「あるときは」という虚辞*を用い上下句の意味内容をなめらかに接続している。その呼吸にも注目すべきだろう。

＊虚辞—46ページ脚注参照。

41

ただ広き水見しのみに河口まで来て帰路となるわれの歩みは

【出典】『天眼』

広い川の水面を眺めながら散歩する。河口まで来て道は途絶える。私はそこで踵《きびす》を返す。ここからは往路ではなく帰路なのだ。その路をとぼとぼと歩いて帰るのだ。

佐太郎の第十一歌集『天眼』*は、昭和五十四年四月講談社から発行された。昭和五十年から昭和五十三年の四年間の歌四百八十四首を収めている。六十六歳から六十九歳の時期に当たる。

六十代後半、佐太郎の健康はしだいしだいに悪化していった。この歌は昭和五十年四月、脳血栓の治療のために千葉県銚子市の恵天堂医院に入院しているときのもの。佐太郎はリハビリのために散歩をした。銚子は海に面した

＊『天眼』―第11歌集。昭和54（一九七九）年、講談社刊。

町である。利根川に沿って河岸の路を歩くことを日課としたのだろう。

佐太郎は上流にある病院から河口に向かって歩いてゆく。眼の前には淡水と塩水が入り混じる河口の水が見える。それを見たことだけを心にとめて、佐太郎は再び今来た路をひき戻し帰路につく。そういう歌である。

全体として何か空漠とした作者の心情が伝わってくる。初句・第二句の「ただ広き水見しのみに」の「ただ…のみ」という限定の句法と「広き水」という直接的な表現がいい。特段の興味もなく目に入ってくるものをそのまま言葉にしているような無力感が言外に漂っている。

下句の「帰路となるわれの歩みは」もよい。川に沿っている道はそれ自体往路でも帰路でもない。*アノニムである。が、佐太郎が歩みを返すことによってそれはまぎれもなく「帰路」となる。自分の行為によって外界の意味づけが転換してしまう。この下句はそのような瞬間を描いてしまっている。

第三句から第四句にかけて「河口まで／来て帰路となる」という句またがりが用いられている。これによって第四句にカ行音が頻出し、言葉がリズミカルに響くようになる。それも効果的である。

＊アノニム――(anonym) 匿名。匿名者。

42

街ゆけばマンホールなど不安なるものの光をいくたびも踏む

【出典】『天眼』

白内障を病む私の視野は日々濁ってゆく。街をゆくと足元にマンホールの蓋などの得体の知れない不定形の光が見える。私は怯えながらその光を踏んでゆく。

昭和五十年夏、佐太郎六十五歳のときの歌。

病を得たのちの佐太郎は日々リハビリに努め、毎日街を散歩することを日課としていた。しかしながら、脳血栓の後遺症のために足の運びはおぼつかない。また白内障*が進行し、視力に障害が生じるようにもなっていた。

老人にとって転倒はもっとも忌避すべき事態である。佐太郎もそれを自覚し、脚の運びは慎重に慎重を重ねていた。足を滑らせやすいのは水はけの良

*白内障―眼の水晶体が灰白色に変ってにごる病気。主として老人性のもの。

いアスファルトの舗道より、水が浮きやすい鉄板などの上である。危ういところは常に水が浮いて光っている。

路を歩みながら佐太郎は、マンホールの蓋など滑りやすい箇所を思わず踏んでしまう。そのたびに足を滑らせないか不安な気持ちが胸をよぎる。「マンホールなど不安なるものの光」という言葉には、佐太郎の危惧が隠されていよう。

しかしながらいくら注意しても危うい場所を完全に避けることはできない。「いくたびも踏む」という表現には、どこか諦めの感情が滲んでいる。

佐太郎にはマンホールの光を歌った次のような歌がある。

街ゆけばところどころに光るもの舗道のうへのマンホールなど　『立房』

掲出の歌とほとんど同工異曲の歌であるが、昭和二十一年佐太郎三十七歳のときに作られたこの歌には不安の影は微塵もない。ほとんど同じ内容の歌ながら『天眼』の歌には深い老いの憂鬱が刻印されている。

43

蛇崩の道の桜はさきそめてけふ往路より帰路花多し

【出典】『天眼』

咲き始めた沿道の桜の花を見上げながら私は蛇崩《じゃくずれ》の道を往還する。帰路で見上げる花の数は往路で見たそれよりわずかに多い。そんな些事にも気づいてしまう。

昭和五十三年春、佐太郎六十七歳のときの歌である。

佐太郎は昭和四十七年十二月、それまで住んでいた青山から目黒区中目黒に住居を移す。初句に登場する「蛇崩《じゃくづれ》」という固有名詞はその中目黒にあった旧字名である。現在は暗渠*化された蛇崩川*にそった地域をかつて蛇崩と呼んだ。佐太郎は自分の散歩コースでもあったこのインパクトのある地名をことのほか愛し、多くの歌に登場させている。

*暗渠―覆いをした水路。

*蛇崩川―東京都世田谷区および目黒区を流れる二級河川。昭和50年代から平成初

ようやく春が始まり、蛇崩の散歩道の桜がほころび始める。佐太郎は杖を突きながらゆっくり散歩コースを往復する。往路に見たときはまだ開いていなかった花びらが、帰路には多く花をつけている。散歩道を往復するわずか一時間ほどの間にも目に見える形で開花してゆく桜の花。佐太郎は散歩の帰路にそれを発見したのだろう。

この歌はゆったりと歌い始められている。上句「蛇崩の道の桜はさきそめて」では「桜」「さきそめて」とサ行音がリズムカルに繋がっていて読者にストレスを与えない。

それに対して、下句「けふ往路より帰路花多し」では一転緊張感を帯びた韻律が展開する。漢語やカ行音の硬い響きが連続して硬く緊張感を帯びた韻律になっている。上句においてゆったりと始まった歌の調べは、下句でスピードをあげ結句に向かってゆく。

この歌は、春の到来を歌った歌であるが、作者の喜びはあまり感じられない。自然は再び再生に向かうのに自分は老いを深めてゆく。上句から下句にかけて緊張感を増してゆく文体は、そのような佐太郎の厳しい自己確認を読者に伝えてくれている。

期にかけて暗渠化され現在に至る。その一部は歩道となり「蛇崩川緑道」となっている。

44

むらさきの雲のごときを掌《て》に受けて木の実かぐはしき葡萄をぞ食ふ

【出典】『天眼』

掌の上に葡萄の一房が載っている。房全体の輪郭は不定形でまるで紫の雲のようだ。が、口もとに近づけるとそれはかぐわしい果実の香を放つ。

昭和五十三年晩秋の歌である。詞書*に「小林慶子夫人に寄す」と書かれてある。葡萄を送ってくれた知人なのだろう。

葡萄を食べている場面を描写しただけの歌であるが、それを読む読者の心には新しい認識の世界が広がる歌であろう。

読者がこの歌の上句を読むとき、葡萄という対象はまだ読者の前に明らかにされていない。まずそこにあるのは、紫色のおぼおぼとした「雲」のよう

＊詞書《ことばがき》―和歌・短歌の前にその歌を詠んだ趣旨を書いた言葉。

な不定形の何かである。それが佐太郎の手のひらの上に置かれているだけだ。何ものかに出会ったときの初発の感覚を佐太郎はそのまま正直に言葉にしようとしているのである。葡萄の房はやわらかな枝の集合体であり、定まった形というものはない。定まった形がない様子が「雲のごとき」という比喩表現に繋がっている。

下句の表現も新鮮である。佐太郎はここで、葡萄のことを「木の実かぐはしき葡萄」と丁寧に言い直している。たしかに葡萄は果実にはちがいない。が、葡萄は房になっており、リンゴやザクロといった一般的な「木の実」の形をしていない。それを改めて「木の実」と名指しされると私たちはとまどってしまう。そしてそののち「葡萄は確かに木の実なのだ」と改めて気づかされるのである。そこに小さな発見がある。

第四句「木の実かぐはしき」は八音であり、字余り*の句になっている。この一音を加えたたっぷりとした韻律が葡萄の房のたっぷりとした量感と呼応しているようでおもしろい。もちろん無意識にではあろうが、佐太郎の詩人としての直感がこの字余りを呼び込んだのだろう。結句「葡萄をぞ食ふ」のきっぱりとした言い切りも潔い。

＊字余り――定型の和歌・俳句などで五音にすべき所が六音以上に、七音にすべき所が八音以上になるなど、一定の字数より多いこと。

45

珈琲《コオヒー》を活力としてのむときに寂しく匙の鳴る音を聞く

朝のコーヒーを飲むことが私の活力の源である。が、匙を皿に置く小さな音を聞いた瞬間、寂しくなってしまった。この一杯に支えられるささやかな私の生。

【出典】『星宿』

佐太郎の第十二歌集『星宿』*は、昭和五十八年八月岩波書店から発行された。昭和五十四年から昭和五十七年の四年間の歌五百一首を収めている。七十歳から七十三歳の時期に当たる。生前に出された最後の歌集である。

この歌は昭和五十四年夏の歌である。佐太郎はコーヒー好きだったようで、コーヒーに関する歌をいくつか作っている。

＊『星宿』―第12歌集。昭和58（一九八三）年、岩波書店刊。

いちはやく壮《わか》きとき過ぎて珈琲をのみし口中の酸をわびしむ　『冬木』

帰り路に踏むべき花をあらかじめ思ひなどして珈琲をのむ　『星宿』

これらの歌には、コーヒーを好んでいただけではなく、コーヒーを飲むゆったりとした時間を愛していた佐太郎の姿が刻印されている。そのゆとりの時間を、自分の大切な思索の時間にしようとしていたことが分かる。

掲出歌もそうである。佐太郎にとって、朝のコーヒーを飲む時間は自分の一日の精神生活を始めるためのエネルギー源だった。「珈琲を活力としてのむ」という上句にはそのような思いが込められている。

が、その充実感はたやすく壊れやすい。コーヒーが自分のもとに運ばれ、ミルクを入れてかきまぜる。そして皿の上に匙を置く。すると、匙と皿が触れ合うカツン、という小さな音が耳に入る。その音に気づいたとき、佐太郎の華やかな気持ちは霧散し、コーヒー一杯によって心を励起しようとしている自分に改めて気づいてしまう。そしてそこにかすかな寂しさを感じてしまうのである。「寂しく匙の鳴る音を聞く」という下句が切ない歌だ。

46

冬の陽の晴れて葉の無き街路樹の篠懸《すずかけ》は木肌うつくしき時

【出典】『星宿』

夕方、冬の陽が斜めから差す。すると、葉を落とした篠懸の幹のパッチワークのような模様が見えはじめた。木肌のもっとも美しい時刻がやってきたのだ。

昭和五十五年年頭の歌である。佐太郎は七十歳になっている。篠懸*の幹は白く細長い。その幹を茶色と灰色の模様がパッチワークのように覆っている。葉をすべて落とし尽した篠懸のその幹に、冬の午後の陽が当たる。その光景は実に穏やかである。

その穏やかさのなかで時がしんしんと流れてゆく。不如意な半身を携えながら、いつもの散歩道を歩む佐太郎は、その瞬間を限りなく美しいものとし

＊篠懸―普通、属の学名プラタナスで呼ばれる。高さ10～20メートル。樹皮は大きく剥がれ幹に斑ができる。街路樹や庭園樹にする。葉は大きく、カエデに似、5～7裂。晩秋、球形の果実

て感受している。この歌はそのような静謐で粛然とした雰囲気を伝えている。冬という季節の提示。街路という場所の提示。晴天という天候の提示。やわらかな陽射しの描出。裸木となった篠懸の形態とその幹の描出。佐太郎はこの短い三十一音のなかに、読者の想像を喚起する最小限の語句を配置して、簡潔で明瞭な情景と心情を描き出す。その手腕はさすがである。

　この歌の下句「篠懸は木肌うつくしき時」の「は」も、上の部分と下の部分を浮遊感を与えながら繋ぐ「は」である。すでに見てきた「暮方《くれがた》にわが歩み来《こ》しかたはらは押し合ひざまに蓮《はす》しげりたり」（『歩道』）や「連結を終りし貨車はつぎつぎに伝はりてゆく連結の音」（『帰潮』）と同様に、この歌の「は」も作者の心がふっと揺らぐようなやわらかな感触を持っている。

　篠懸の幹の美しい模様に心を奪われていた佐太郎は、今、幹の木肌が最もつややかに輝く時刻を迎えつつあることに気づく。いま篠懸の木は一日のうちで最も美しい瞬間を迎えつつある。佐太郎の意識は、そんな至福の「時」にふっと浮遊してゆく。浮遊する「は」がもたらすそのようなあてどない感覚が、この歌に淡い陰影を与えている。

を下垂するのでこの名がある。

47

われの眼は昏《くら》きに馴れて吹く風に窓にしきりに動く楤《たら》の葉

【出典】『星宿』

昼の室内は暗い。しばらくしてその暗さにやっと私の眼は慣れ始めた。すると、いままではっきり見えなかった窓の外のタラの木の葉の揺れが視野に入ってきた。

昭和五十五年夏の歌。佐太郎は白内障*を病んでいたので視界が極めて狭い。外界の物象は、至近距離になってはじめて佐太郎の視界に飛び込んでくる。

*白内障――84ページ脚注参照。

ひとところ蛇崩道《じやくづれみち》に音のなき祭礼《さいれい》のごと菊の花さく　『星宿』

突然に大き飛行船あらはれて音なくうつる蛇崩の空　『黄月』

晩年の歌には、突然眼の前に何かが現れてくる驚きを表現したこのような歌が多い。それは白内障のせいなのである。

掲出の歌は白内障が発症して間もないころの作。上句「われの眼は昏きに馴れて」には、その言葉とは裏腹に、まだ病状が進行しつつあった佐太郎の自分の視野に対する違和感が表出されている。窓の外に見える夏の緑陰の薄暗さを表そうとしたものであろうが、その反面、この表現には、白内障の症状が自覚されるところまで進行してしまったという諦念が滲む。

第三句から第四句にかけて「に」という助詞が畳みかけるように連なっている（「吹く風に窓にしきりに」）。この「に」の頻出によってこの部分には小刻みで繊細な調べが生まれている。そのリズミカルな響きは、まるで風にさやぐタラノキの葉の動きのようだ。タラノキは、背の低い華奢な木。葉は薄く小さい。この歌には音の描写は全くないが、読者は、言葉の細やかな韻律によって小さな葉のそよぎの音を聞いている気分になる。

葉の生い茂った夏の緑陰の窓辺で、タラノキの繊細な葉の動きに眼と耳を研ぎ澄ましている佐太郎の姿が浮かび上がってくる歌である。

48

あるときは吹く風に軀《からだ》とぶごとく思ふことあり四肢衰へて

【出典】『星宿』

北風がときおり強く吹く日、私は散歩に出る。強い風が私の身体に吹きつける。その風によって身体が飛ぶごとくに感じられる。私の四肢も衰えてしまったものだ。

昭和五十六年年頭の歌。作られたのは前年かもしれない。佐太郎は七十一歳になっている。

佐太郎は日々遊歩道の散歩を欠かさない。が、七十歳を超えたこの頃は脚が衰え、散歩に難儀を感じるようになっていた。北風が強い朝などは、風に吹かれた身体が飛ばされるような感じになったのだろう。佐太郎はその感覚だけに焦点をあて、簡潔きわまりない表現でそれを表そうとしている。飄々とした雰囲気さえ漂う自己客観視の眼の冴えを感じる歌である。

この歌は省略の技法が効果的に用いられている。この歌には冬という季節の記述もない。真昼という時刻の提示もない。リハビリのための散歩という目的の表示もない。坂道という場所の指定もない。佐太郎は、読者が歌に求める情報を「あるときは」という一言で済ませてしまう。そして「吹いてきた北風に身体が飛んでしまうように思った」ということだけを丁寧に引き延ばして表現する。そして、結句に、そのように思うに至った理由をさらりと「四肢衰へて」の一語でもって読者に提示している。

この歌において佐太郎は「いつ、どこで、誰が、何のために」という情報を排除し「外界にふれた瞬間の心の動き」だけに焦点を当てている。短歌とは情報伝達の器ではなく「瞬間の心」を表現する詩なのだ、という長い作歌生活で会得した信念の強さを感じる歌である。

前述したように「あるときは」は佐太郎が愛用した虚辞*。第三句で使われる場合が多いが、このように初句に使われる場合もある。「あるときは幼き者を手にいだき苗《なへ》のごとしと謂ひてかなしむ」（『形影』）はその一例である。

＊虚辞――46ページ脚注参照。

杖ひきて日々遊歩道ゆきし人このごろ見ずと何時人は言ふ

【出典】『星宿』

「最近まで杖を引いてこのあたりを歩いていたお年寄り、このごろ見ないわね」。私の死後、人はそんな風に私のことを噂するだろう。それは遠い先の事ではない。

昭和五十七年春、佐太郎七十二歳の時の歌である。最晩年の佐太郎は自分が死去した後の時間をありありと想像した歌をいくつか残している。

菊の花ひでて香にたつものを食ふ死後のごとくに心あそびて　『開冬』
門いづるをとめの姿二階より見ゆ死後かくの如き日を積む　『天眼』

このような歌には、自分の死後の時間や、自分の死後変わらず流れる現世の時間がありありと想像されていて、読者は粛然とした気分になる。

掲出の歌もそうだ。自分の死後、変わらず流れるであろうこの世の時間。この歌において佐太郎はそれを目の前で見ているかのごとく描き出す。

佐太郎は日課のように*蛇崩《じゃくずれ》の道を往還していた。杖を引きながら遊歩道を歩む彼の姿を多くの人々が眼にしている。佐太郎が死んだ後の或る日、彼らはさも今、気がついたように噂をするだろう。「ほら、最近まで杖を引いて歩いていたお年寄りがいたでしょ、あの人最近見ないわね。どうしちゃったのかしら」と。

この歌の「杖ひきて日々遊歩道ゆきし人」は、韜晦してはいるものの、第一義的には佐太郎自身のことを指す。自分が死んだ後、ここにいる散歩者たちは自分の生死などにほとんど関心は持たないだろう。自分の安否を気軽に、噂話の俎上に乗せるだけだろう。そんな冷徹な想像をしている佐太郎の姿が浮かんでくる。壮絶な自己客観視というべきだろう。

*蛇崩《じゃくずれ》——東京都目黒区中目黒にあった旧地名。86ページ参照。

50

水中に胸ふかれゐし人のあり歩むとも飛ぶともなく二年帰らず

【出典】『黄月』

私は夢のなかにいる。女の人が水中に立ち、水の動きに沿って胸が揺れている。その女性は歩むことも飛ぶことも帰る所もなくそこに佇んでいる。もう二年間も。

佐太郎の第十三歌集『黄月』[*]は昭和六十三年九月、短歌新聞社から発行された。『星宿』以後、昭和五十八年から逝去する昭和六十二年まで最晩年の作品三百九首が収められている。妻の佐藤志満と門人の秋葉四郎の編集による遺歌集である。七十四歳から七十七歳に至る時期にあたる。

佐藤志満は、この歌集の「あとがき」にこの時期の佐太郎の病状を「結果からすれば、死に向かって急傾斜して行った四年間であった」と記している。

＊黄月―第13歌集。昭和63（一九八八）年、短歌新聞社刊。

掲出の歌は昭和六十一年晩秋の歌。佐太郎は昭和六十二年八月八日に逝去するので、死の十カ月ほど前の作品ということになる。歌の後ろに「夢中に水死の人を悼む」という詞書*が記されている。

夢の記述であるが「水中に胸ふかれゐし」という表現がなんとも生々しい。歌の醸し出す雰囲気から考えると、おそらく女性であろう。水のなかに沈んだ女性の胸のあたりが水流によってゆらゆらと揺らめいている。その情景をまるで風の中のなかに立つ人のように描写している。

第四句は「歩むとも飛ぶともなく」という十一音からなる大幅な字余り*である。が、このあてどない表現には、水中に静止したまま動かない女性の姿と、再び生きて動いてほしいという作者の願望が滲み出ている。また、結句の「二年帰らず」が非常に不思議な感じを残す。佐太郎は夢のなかで動かない女性の姿を二年間見つめつづけたのだろうか。夢の中の時間は現実の時間とは異なる流れ方をする。この「二年」はそういう時間意識の撓《たわ》みを私たちに伝えている。

「夢の中のリアル」というものがあるのなら、この歌こそがそれを体現した歌だということになろう。

＊詞書《ことばがき》——88ページ脚注参照。

＊字余り——89ページ脚注参照。

歌人略伝

明治四十二年（一九〇九）宮城県生。大正十五年（一九二六）「アララギ」入会。斎藤茂吉に師事。「アララギ」の写生を継承しながら都会生活者の鬱屈した生活感情を表現した歌集『歩道』（昭15）によって注目を浴びる。戦後、瞬間の情景や心情を切り取る「純粋短歌」を標榜し、戦後の貧困生活を感覚的に描いた歌集『帰潮』（昭27）によって第三回読売文学賞を受ける。また主宰する結社誌「歩道」を基盤に後進の指導にあたった。物象の本質を冷厳な目でとらえる中期の作品を集めた歌集『形影』（昭45）を経て、次第に自分の老年を客観的な目で凝視した作風に転換してゆく。また晩年は蘇軾（蘇東坡）の詩に斟酌し、その作品から深い精神的影響を受けている。淡々とした静謐さと諦念に満ちた第十八回迢空賞受賞歌集『星宿』（昭58）はその時期の代表作である。生涯を通じて十三冊の歌集を残した他、歌論・入門書等、多数の著書を残した。その業績によって芸術選奨文部大臣賞、紫綬褒章、芸術院賞、勲四等旭日小綬章など歌壇内外における数多い栄誉を与えられる。昭和六十二年（一九八七）年八月、脳梗塞治療中の病院で死去。享年七十七歳。「アララギ」の写生を発展的に継承し、近代短歌を抒情詩として精錬したその歩みは死後も多く歌人に影響を与えている。戦前・戦中・戦後を通して昭和期を代表する歌人である。

略年譜

年号	西暦	満年齢	佐藤佐太郎事蹟
明治四十二年	一九〇九		十一月十三日、宮城県柴田郡大河原町大字福田に生まれた。農業、源左衛門三男、母うら。幼時、父母に従って茨城県多賀郡平潟町（現北茨木市）に移った。
大正十三年	一九二四	15	平潟尋常高等小学校卒業。
大正十五年	一九二六	17	前年、上京して岩波書店に入り、この年「アララギ」に入会。昭和二年以後、斎藤茂吉に師事する。以後、山口茂吉・柴生田稔と相識る。
昭和十三年	一九三八	29	一月、伊藤志満と結婚。
昭和十五年	一九四〇	31	一月、長女筆子が生まれる。七月、アンソロジー『新風十人』（八雲書林）に参加。九月、父源左衛門没。同月、歌集『歩道』（八雲書林）を刊行。
昭和十七年	一九四二	33	四月、次女洋子が生まれる。七月、歌集『軽風』（八雲書林）を刊行。
昭和十九年	一九四四	35	十月、歌集『しろたへ』（青磁社）を刊行。

昭和二十年　一九四五　36　五月、雑誌「歩道」を創刊主宰。同月、空襲で家財を焼失。岩波書店を退き郷里に疎開する。十一月、妻子とともに蒲田区新宿町に住む。

昭和二十一年　一九四六　37　四月、青山墓地下の家に移転。

昭和二十二年　一九四七　38　二月、図書出版永言社を興す。七月、歌集『立房』（永言社）を刊行。

昭和二十三年　一九四八　39　六月、活版印刷となった「歩道」に「純粋短歌論」を連載。十一月、相互『自註歌集歩道』山口茂吉評（講談社）を刊行。

昭和二十四年　一九四九　40　三月、青山南町五丁目に転居。

昭和二十六年　一九五一　42　六月、鷗外全集の編集に携わる。同月、『短歌入門ノオト』（第二書房）を刊行。

昭和二十七年　一九五二　43　一月以降『斎藤茂吉全集』（岩波書店）の編集に携わる。二月、母うら没。同月、歌集『帰潮』（第二書房）を刊行。五月、『帰潮』によって第三回読売文学賞を受賞。

昭和二十八年　一九五三　44　一月、角川文庫『佐藤佐太郎歌集』を刊行。二月、斎藤茂吉没。十一月、『純粋短歌』（宝文館）を刊行。同月、毎日新聞歌壇選者に就任。

昭和三十一年　一九五六　47　七月、歌集『地表』（白玉書房）を刊行。

昭和三十二年　一九五七　48　八月、『短歌の話』（宝文館）を刊行。同月、編著『斎藤茂吉秀歌選』上下（宝文館）を刊行。十月、『斎藤茂吉研究』（宝文館）を刊行。

昭和三十三年　一九五八　49　九月、岩波文庫『斎藤茂吉歌集』を刊行（山口茂吉・柴生田稔と共編）。

昭和三十四年　一九五九　50　一月、編著『長塚節』（雄鶏社）を刊行。二月、『佐藤佐太郎作品集』（四季書房）を刊行。

昭和三十七年　一九六二　53　十二月、歌集『群丘』（短歌研究社）を刊行。

昭和三十九年　一九六四　55　一月、『短歌指導』（短歌新聞社）を刊行。

昭和四十一年　一九六六　57　八月、歌集『冬木』（短歌研究社）を刊行。十二月、鼻出血のため入院。

昭和四十二年　一九六七　58　入院先にて迎年、一月六日退院。

昭和四十三年　一九六八　59　三月、随筆集『枇杷の花』（短歌新聞社）を刊行。十月、雑誌「短歌」で「佐藤佐太郎の文学」を特集。

昭和四十五年　一九七〇　61　三月、歌集『形影』（短歌研究社）を刊行。十二月、『短歌作者への助言』（短歌新聞社）を刊行。

昭和四十六年　一九七一　62　四月、自選歌集『海雲』（短歌新聞社）を刊行。十二月、青山を去り目黒区上目黒に転居。

昭和四十八年　一九七三　64　五月、『斎藤茂吉言行』（角川書店）を刊行。

昭和四十九年　一九七四　65　六月、『及辰園百首付自註』（求龍堂）を刊行。

昭和五十年　一九七五　66　四月、銚子市の恵天堂医院に入院。九月、歌集『開冬』（弥生書房）を刊行。十一月、紫綬褒章を受ける。

昭和五十一年　一九七六　67　二月、『童馬山房随聞』（岩波書店）を刊行。三月、『開冬』により芸術選奨文部大臣賞を受賞。四月、随筆集『及辰園往来』（求龍堂）を刊行。

昭和五十二年　一九七七　68　九月、『茂吉解説』（弥生書房）を刊行。十一月、『佐藤佐太郎全歌集』（講談社）を刊行。

昭和五十三年　一九七八　69　四月、『茂吉秀歌』上・下（岩波新書）を刊行。十二月、『佐藤佐太郎全歌集』によって第一回現代短歌大賞を受賞。

昭和五十四年　一九七九　70　四月、歌集『天眼』（講談社）を刊行。

昭和五十五年　一九八〇　71　六月、日本芸術院賞を受賞。九月、『作歌の足跡』（短歌研究社）を刊行。

昭和五十八年　一九八三　74　四月、勲四等旭日小綬章を受ける。八月、歌集『星宿』（岩波書店）を刊行。十二月、日本芸術院会員となる。

昭和五十九年　一九八四　75　六月、『星宿』により第十八回迢空賞を受賞。

昭和六十年　一九八五　76　三月、『短歌を作るこころ』（角川選書）を刊行。

昭和六十一年　一九八六　77

十二月、『佐藤佐太郎自選歌抄』（角川書店）を刊行。同月、銚子市の恵天堂病院に入院。

昭和六十二年　一九八七

六月、目黒区の国立東京第二病院に入院。七月二十八日、渋谷区のセントラル病院に入院。八月八日、午前十時三十一分、同病院において肺炎のため死去。享年七十七歳。

解説　不在なるものへのまなざし――大辻隆弘

　佐藤佐太郎は大正十五年「アララギ」に入会した。それから六十二年後、昭和六十二年に逝去するまでひとときも作歌を中断することはなかった。その期間はほぼ昭和時代すべてを覆いつくす。改めて昭和の短歌を振り返るとき、その全般を通して高い水準の作品を発表し続けたのは、土屋文明と佐藤佐太郎だけだったと言うことができる。佐太郎はまぎれなく昭和短歌の第一人者だった。

　彼のその歩みを支えてきたものは何だったのか。佐藤佐太郎は、短歌史的には、近代短歌の中心であった「アララギ」の写生の継承者であり、その可能性を深化させた歌人だった言えるだろう。が、佐太郎の全歌業を通観するとき、そこには「アララギの写生の継承者」というだけでは語りつくせない彼自身の個性が感じられる。

　佐太郎の歌を通読して、すぐに気づくのは彼の眼力の鋭さである。着眼点の非凡さ、と言い換えてもよい。佐太郎は、普段私たちが眼にしているにもかかわらず、改めて指摘されねば気づかない身めぐりの現象に鋭く着眼し、それを歌にしている。例えば以下のような歌がその例である。

秋分の日の電車にて床《ゆか》にさす光もともに運ばれて行く　『帰潮』
階《かい》くだり来る人ありてひとところ踊場《をどりば》にさす月に顕はる　『地表』
秋彼岸すぎて今日ふるさむき雨直《すぐ》なる雨は芝生《しばふ》に沈む　『地表』
蛇崩の道の桜はさきそめてけふ往路より帰路花多し　『天眼』

一首目の歌は、電車の床に広がる秋の日の光を見つめた歌。車窓の窓枠から入ってくる平行四辺形の光はずっと動くことがない。佐太郎は自分とともに電車に運ばれてゆくその光に目を凝らしている。二首目の歌は、屋外に設けられた階段を人が降りてゆくところを歌った歌。階段の「踊場」だけが月の光に照らされていて、そこで向きを変えるときだけ人の姿がぼうっ、と浮かびあがる。佐太郎はその瞬間を見逃さない。

三首目の歌は、芝生に降る雨を歌った歌。芝は一定の高さに切りそろえられまっすぐに直立している。そこに垂直に落下する雨はまさに「芝生に沈む」ように見える。四首目の歌は、春、遊歩道を散歩しているときの歌。往路にはわずかしか開いていなかった桜が、帰路にはもうたくさん開き始めている。その変化を佐太郎は目ざとく見つけている。

これらの歌に描かれている情景は、このように歌にされれば「なるほど」と思うものばかりだろう。が、私たちは佐太郎にこう歌われるまで、佐太郎のようには気づけなかった。たしかに目にはしていたかもしれないが、自分で意識して見ようとはしなかった。そういう現象ばかりである。現実を忠実に描写しているかのように見える佐太郎の歌が、私たちに「驚き」を与えてくれるのは、見慣れたもののなかに隠れた一瞬の真実を見抜く佐太郎の鋭い眼力によるものなのである。

眼に見えるものばかりではない。佐太郎のまなざしの「凄さ」は、そこにないものを見てしまうところにある。以下のような歌々はその証拠となるだろう。

舗道《ほだう》には何も通らぬひとときが折々ありぬ硝子戸《がらすど》のそと 『歩道』

白藤《しろふぢ》の花にむらがる蜂の音あゆみさかりてその音はなし 『群丘』

ただ白き輝《かがやき》として人うごく永遠《とは》に音なき月のおもてに 『形影』

冬の日の眼に満つる海あるときは一つの波に海はかくるる 『開冬』

喫茶店の窓から見ていると繁華街の往来を人が通らない瞬間がある。その間の抜けたような瞬間をとらえた一首目の歌。さきほどまで聞こえていた蜂の翅の顫音が聞こえなくなった瞬間を描いた二首目の歌。空気も音もない月面に着陸したアポロ11号を見ながら、その永遠の無音に心を傾けている三首目の歌。大きくうねる波に海全体が隠されて見えなくなってしまう一瞬をとらえた四首目の歌。これらの歌で佐太郎がとらえているのは「本来そこにあるべきものが無くなった瞬間」である。

私たちは存在するもののなかで生きている。それらのものはそれぞれ意味を持ち、その意味はすべて自分が生きることに関連づけられている。佐太郎が見つめるのは、その連関のなかの一つの物象がなくなり、私たちのまわりに当たり前に存在していた意味の連関が一瞬、そこで断絶してしまう瞬間であろう。雑踏に人がいなくなる。蜂の翅音が消える。海原が波に隠れる。私たちはそのような瞬間、そこに意味あるものとして存在していたものがふっと消え去るような不安を感じる。少し大げさにいえば、存在していたものがなくなることによって、この世界の不気味な実相のようなものが顕現する。佐太郎の眼は、不在なるものを見ることによって、この世界の無意味な実相のようなものを垣間見てしまうのである。そこに佐太郎の眼の本当の恐ろしさがあるだろう。

不在なるものに出会うことは、無意味なものと遭遇することでもある。無意味なものと遭遇することで、佐太郎は自分の存在の意味を逆に意識してしまう。次のような高名な境涯詠は、そのようなプロセスを辿って作られたものであろう。

苦しみて生きつつをれば枇杷《び》《は》の花《はな》終りて冬の後半となる 『帰潮』
憂《うれひ》なくわが日々はあれ紅梅の花すぎてよりふたたび冬木 『冬木』
ひとところ蛇崩道《じやくづれみち》に音のなき祭礼《さいれい》のごと菊の花さく 『星宿』

これら三首の歌で歌われているのは、それぞれ「枇杷の花」「紅梅の花」「菊の花」である。が、これらの花はなにものかの不在とともに歌われている。

枇杷の花はそれ自体地味な目立たない花だ。一首目の歌において、佐太郎はその地味な花の開花ではなく、落花の時を歌う。つつましやかな花の花期が、誰に知られることもなく終ってゆく。佐太郎は枇杷の花がもうそこに無いということに気づき、そこに逆に自分の生のありようのようなものを意識してしまう。その事情は、花が終わってふたたび冬の裸木となった梅の木を見つめた二首目の歌でも同様だろう。

それらの歌とは逆に、三首目の歌では今を盛りと咲く菊の花が歌われている。咲き極まった菊の花はまるで工芸品かなにかのように精緻だ。その精緻な雰囲気を佐太郎は「音のなき祭礼」という比喩で表現しているのだろう。音の不在を強調することによって時間が静止したかのような静けさが感じられてくる。同時にそれを見つめる晩年の佐太郎の静謐な心情も感じられてくる。

不在なるものや見えないものに向かう佐太郎の眼。その眼は、本来見ることができない自分自身の姿をも見つめてやまない。佐太郎の歌集には、その初期から自分を客観視した次のような歌が登場してくる。

うつしみの人皆さむき冬の夜の霧うごかして吾があゆみ居《ゐ》る　『帰潮』

わが乗れる夜行車《やかうしや》過ぎて踏切の鐘《かね》鳴りゐたること思ひ出づ　『帰潮』

夜の霧を動かして歩いている自分。夜行列車の座席に座っている自分。ここで描かれているのは、本来、自分の眼ではとらえることのできない自分の姿である。が、佐太郎はこれらの歌において、まるで第三者が遠いところから眺めているかのように、歩いている自分や列車に乗った自分を眺めている。佐太郎の眼は、佐太郎の身体から遊離してあてどなく漂っている。そんな感じがする不思議な歌々である。

このような自己客観視の性向は、彼の最晩年において、自分の死後の世界をありありと見つめる作品を佐太郎に作らしめてゆく。

門いづるをとめの姿二階より見ゆ死後かくの如き日を積む　『天眼』
杖ひきて日々遊歩道ゆきし人このごろ見ずと何時人は言ふ　『星宿』

娘が自分の家から出勤していく。二階からそれを見つめる佐太郎は「自分の死後も、まるで何もなかったように娘は出勤してゆくだろう」と思う。一首目の歌には、自分の死後の時間という「不在なるもの」をありありと実感しているかのような佐太郎の感性が刻印されている。

その事情は二首目の歌でも同様である。晩年の佐太郎は体力維持のために散歩を欠かさなかった。自分の死後、散歩で顔見知りになった人々は、自分の死後、「ほら、最近まで杖を引いて歩いていたお年寄りがいたでしょ、あの人最近見ないわね。どうしちゃったのかしら」などと噂しあうに違いない。佐太郎の耳には自分の噂をする人々の声がありありと聞こえてくる。私たちは、この歌にも、死後の自分を客観視する佐太郎の冷え冷えとしたまなざしを感じとることができるだろう。

佐藤佐太郎は、アララギの「写生」を信奉したリアリストであった。が、彼のまなざしはその範疇を遙かに超えて「不在なるもの」にまで届いてしまっていた。佐太郎は、近代短歌の伝統を本質的な意味で継承しながら、知らず知らず、その埒を超え出てしまっていた。そこに佐藤佐太郎という天才歌人の栄光と孤独がある。

読書案内

佐藤佐太郎は多くの歌書を発行したが、そのほとんどは現在絶版となっており、入手が困難である。ここでは比較的入手しやすいと思われる歌書・鑑賞書・研究書を示した。

佐藤志満編『佐藤佐太郎歌集』（岩波文庫一九九一年七月）

佐太郎の歌業をコンパクトにまとめた選歌集。佐太郎自身がまとめた『佐藤佐太郎自選歌抄』（角川書店・一九八六）を底本としており、信頼のおける選歌である。

佐藤佐太郎著『佐藤佐太郎全歌集』（現代短歌社文庫二〇一六年三月）

香川哲三編『佐藤佐太郎全歌集各句索引』（現代短歌社文庫二〇一六年三月）

前者は、コンパクトな文庫本ながら、佐太郎の全十三冊の歌集が完全収録されている。また、佐太郎のすべての歌を五句に分解し、それを五十音順に並べた後者は、佐太郎の歌を検索する際の必携本。二冊あわせての入手を薦めたい。

佐藤佐太郎著『短歌を作るこころ』（角川学芸出版二〇〇五年三月）

「瞬間が永遠として定着されているのが歌の表現だ」という佐太郎の作歌理念を平易に解き明かした作歌入門書。

秋葉四郎著『鑑賞現代短歌四・佐藤佐太郎』（本阿弥書店一九九一年六月）

佐太郎の高弟である秋葉四郎が佐太郎の名歌を選んで懇切丁寧な鑑賞を施した鑑賞書。

世評の高い作品を網羅している。

尾崎左永子著『佐太郎秀歌私見』（角川学芸出版二〇一四年一〇月）

佐太郎のもとで学んだ尾崎が私的回想も含めて佐太郎短歌の本質に迫ったエッセイ。

今西幹一著『佐藤佐太郎短歌の研究―佐藤佐太郎と昭和期の短歌―』（おうふう二〇〇七年十一月）

今西幹一著『佐藤佐太郎短歌の諸相』（おうふう二〇一〇年五月）

佐藤佐太郎を生涯の研究対象とした国文学者・今西幹一の研究の集大成。前者は佐藤佐太郎という歌人を昭和短歌史という広範な視点から位置づけた大著。後者は佐太郎の歌集や作品に対する小論考をまとめたもの。佐太郎を学術的に研究するための基礎文献である。

秋葉四郎著『短歌清話　佐藤佐太郎随聞』上・下（角川書店二〇〇九年九月）

晩年の佐太郎に親しく接した高弟・秋葉四郎による随聞記。日記形式で書かれており、佐太郎の日常や身辺の様子、ひととなり、作歌の現場などがリアルに記録されている。人間佐太郎の体臭がにおい立つような筆致である。

香川哲三著『佐藤佐太郎　純粋短歌の世界』（現代短歌社二〇一七年七月）

膨大な資料に基づいた詳細な評伝。

【著者プロフィール】

大辻隆弘（おおつじ・たかひろ）

歌人。昭和35年三重県生。龍谷大学大学院文学研究科（哲学）修了。昭和61年未来短歌会入会、岡井隆氏に師事、現在選者。歌集『水廊』『抱擁韻』（現代歌人集会賞）『デプス』（寺山修司短歌賞）『汀暮抄』『景徳鎮』（斎藤茂吉短歌文学賞）等、歌書『子規への溯行』『岡井隆と初期未来』『アララギの脊梁』（島木赤彦文学賞・日本歌人クラブ評論賞）『近代短歌の範型』（佐藤佐太郎短歌賞）等。現代歌人集会理事。現代歌人協会・日本文藝家協会会員。県立高校教諭。元皇学館大学非常勤講師。

佐藤《さとう》佐太郎《さたろう》　　コレクション日本歌人選 071

2018年12月10日　初版第1刷発行

著者　大辻隆弘

装幀　芦澤泰偉

発行者　池田圭子

発行所　笠間書院

〒101-0064　東京都千代田区神田猿楽町2-2-3

NDC分類911.08　　電話03-3295-1331 FAX03-3294-0996

ISBN978-4-305-70911-0

本文組版：ステラ　印刷／製本：モリモト印刷

コレクション日本歌人選　第Ⅰ期～第Ⅲ期　全60冊！

第Ⅰ期　20冊　2011年（平23）2月配本開始

No.	書名	よみ	著者
1	柿本人麻呂	かきのもとのひとまろ	髙松寿夫
2	山上憶良	やまのうえのおくら	辰巳正明
3	小野小町	おののこまち	大塚英子
4	在原業平	ありわらのなりひら	中野方子
5	紀貫之	きのつらゆき	田中登
6	和泉式部	いずみしきぶ	高木和子
7	清少納言	せいしょうなごん	圷美奈子
8	源氏物語の和歌	げんじものがたりのわか	高野晴代
9	相模	さがみ	武田早苗
10	式子内親王	しょくしないしんのう（しきしないしんのう）	平井啓子
11	藤原定家	ふじわらのていか（さだいえ）	村尾誠一
12	伏見院	ふしみいん	阿尾あすか
13	兼好法師	けんこうほうし	丸山陽子
14	戦国武将の歌	せんごくぶしょうのうた	綿抜豊昭
15	良寛	りょうかん	佐々木隆
16	香川景樹	かがわかげき	岡本聡
17	北原白秋	きたはらはくしゅう	國生雅子
18	斎藤茂吉	さいとうもきち	小倉真理子
19	塚本邦雄	つかもとくにお	島内景二
20	辞世の歌	じせいのうた	松村雄二

第Ⅱ期　20冊　2011年（平23）10月配本開始

No.	書名	よみ	著者
21	額田王と初期万葉歌人	ぬかたのおおきみとしょきまんようかじん	梶川信行
22	東歌・防人歌	あずまうた・さきもりうた	近藤信義
23	伊勢	いせ	中島輝賢
24	忠岑と躬恒	みぶのただみねとおおしこうちのみつね	青木太朗
25	今様	いまよう	植木朝子
26	飛鳥井雅経と藤原秀能	あすかいまさつねとふじわらのひでよし	稲葉美樹
27	藤原良経	ふじわらのよしつね	小山順子
28	後鳥羽院	ごとばいん	吉野朋美
29	二条為氏と為世	にじょうためうじとためよ	日比野浩信
30	永福門院	えいふくもんいん（ようふくもんいん）	小林守
31	頓阿	とんあ（とんな）	小林大輔
32	松永貞徳と烏丸光広	まつながていとくとからすまるみつひろ	高梨素子
33	細川幽斎	ほそかわゆうさい	加藤弓枝
34	芭蕉	ばしょう	伊藤善隆
35	石川啄木	いしかわたくぼく	河野有時
36	正岡子規	まさおかしき	矢沢勝幸
37	漱石の俳句・漢詩	そうせきのはいく・かんし	神山睦美
38	若山牧水	わかやまぼくすい	見尾久美恵
39	与謝野晶子	よさのあきこ	入江春行
40	寺山修司	てらやましゅうじ	葉名尻竜一

第Ⅲ期　20冊　2012年（平24）6月配本開始

No.	書名	よみ	著者
41	大伴旅人	おおとものたびと	中嶋真也
42	大伴家持	おおとものやかもち	小野寛
43	菅原道真	すがわらのみちざね	佐藤信一
44	紫式部	むらさきしきぶ	植田恭代
45	能因	のういん	高重久美
46	源俊頼	みなもとのとしより（しゅんらい）	高野瀬恵子
47	源平の武将歌人	げんぺいのぶしょうかじん	上宇都ゆりほ
48	西行	さいぎょう	橋本美香
49	俊成卿女と寂蓮	しゅんぜいきょうのむすめとじゃくれん	小林一彦
50	俊成卿女と宮内卿	しゅんぜいきょうのむすめとくないきょう	近藤香
51	源実朝	みなもとのさねとも	三木麻子
52	藤原為家	ふじわらのためいえ	佐藤恒雄
53	京極為兼	きょうごくためかね	石澤一志
54	正徹と心敬	しょうてつとしんけい	伊藤伸江
55	三条西実隆	さんじょうにしさねたか	豊田恵子
56	おもろさうし	おもろさうし	島村幸一
57	木下長嘯子	きのしたちょうしょうし	大内瑞恵
58	本居宣長	もとおりのりなが	山下久夫
59	僧侶の歌	そうりょのうた	小池一行
60	アイヌ神謡ユーカラ	あいぬしんようゆーから	篠原昌彦

推薦する――「コレクション日本歌人選」

篠　弘

●伝統詩から学ぶ

啄木の『一握の砂』、牧水の『別離』、さらに白秋の『桐の花』、茂吉の『赤光』が出てから、百年を迎えようとしている。こうした近代の短歌は、人間を詠みうる詩形として復活してきた。しかし、実生活や実人生を詠むばかりではなかった。その基調に、己が風土を見つめ、豊穣な自然を描出するという、万葉以来の美意識が深く作用していたことを忘れてはならない。季節感に富んだ風物と心情との一体化が如実に試みられていた。

この企画の出発によって、若い詩歌人たちが、秀歌の魅力を知る絶好の機会となるであろう。また和歌の研究者も、その深処を解明するために実作を始められてほしい。そうした果敢なる挑戦をうながすものとなるにちがいない。多くの秀歌に遭遇しうる至福の企画である。

松岡正剛

●日本精神史の正体

和泉式部がひそんで塚本邦雄がさんざめく。道真がタテに歌って啄木がヨコに詠む。西行法師が往時を彷徨して寺山修司が現在を走る。実に痛快で切実な組み立てだ。こういう詩歌人のコレクションはなかった。待ちどおしい。

和歌・短歌というものは日本人の背骨であって、日本語の源泉である。日本の文学史そのものであって、日本精神史の正体なのである。そのへんのことはこのコレクションのすぐれた解説を読まれるといい。

その一方で、和歌や短歌には今日のメールやツイッターに通じる軽みや速さや愉快がある。たちまち手に取れるし、目に綾をつくってくれる。漢字・旧仮名・ルビを含めて、このショートメッセージの大群からそういう表情をぞんぶんにも楽しまれたい。

コレクション日本歌人選　第Ⅳ期

第Ⅳ期　20冊　2018年（平30）11月配本開始

61	高橋虫麻呂と山部赤人	たかはしのむしまろとやまべのあかひと	多田一臣
62	笠女郎	かさのいらつめ	遠藤宏
63	藤原俊成	ふじわらしゅんぜい	渡邊裕美子
64	室町小歌	むろまちこうた	小野恭靖
65	蕪村	ぶそん	揖斐高
66	樋口一葉	ひぐちいちよう	島内裕子
67	森鷗外	もりおうがい	今野寿美
68	会津八一	あいづやいち	村尾誠一
69	佐佐木信綱	ささきのぶつな	佐佐木頼綱
70	葛原妙子	くずはらたえこ	川野里子
71	佐藤佐太郎	さとうさたろう	大辻隆弘
72	前川佐美雄	まえかわさみお	楠見朋彦
73	春日井建	かすがいけん	水原紫苑
74	竹山広	たけやまひろし	島内景二
75	河野裕子	かわのゆうこ	永田淳
76	おみくじの歌	おみくじのうた	平野多恵
77	天皇・親王の歌	てんのう・しんのうのうた	盛田帝子
78	戦争の歌	せんそうのうた	松村正直
79	プロレタリア短歌	ぷろれたりあたんか	松澤俊二
80	酒の歌	さけのうた	松村雄二